KB185310

문해력을 위한

윤동주
전시집

필사북

문해력을 위한

윤동주
전 시집

필사북

윤동주 지음 | **민윤기** 해설

써보면 기억되는
어휘와 문장
그리고 시어들

산모퉁이를
돌아 논가 외딴 우물을 홀로
찾아가선 가만히 들여다봅니다. 우물
속에는 달이 밝고 구름이 흐르고 하늘이 펼
치고 파아란 바람이 불고 가을이 있습니다. 그
리고 한 사나이가 있습니다. 어쩐지 그 사나이
가 미워져 돌아갑니다. 돌아가다 생각하니 그
사나이가 가엾어집니다. 도로 가 들여다보
니 사나이는 그대로 있습니다. 다시 그
사나이가 미워져 돌아갑니다. 돌
아가다 생각하니

스타북스

윤동주는 이제 시인이자 명예박사가 되었다

2025년은 광복80주년이자 윤동주 시인이 후쿠오카 형무소에서 생체실험을 당하여 서거한지 80주년이 되는 해이다. 이에 윤동주가 다녔던 일본의 도시샤대학에서는 '죽은 사람에 대한 명예학위 증정'이라는 예외 규정까지 만들어 학장단 회의에서 열여섯 명 전원 찬성으로 서거일인 2월 16일에 명예박사 학위를 수여하기로 했다. 고하라 가쓰히로 도시샤대학 총장은 "우리는 자유를 탄압하는 군부에서 윤동주를 지켜내지 못한 분함이 있다. 명예박사 학위는 그를 기억하기 위한 것"이라고 했다. 윤동주 시인은 80주년이 아니더라도 한국, 일본, 중국은 물론 미국, 유럽과 전 세계의 수많은 단체에서 추모하는 세계적 시인이 되었다.

「문해력을 위한 윤동주 전 시집 필사 북」의 필사는 느리게 읽는 가장 확실한 독서법으로, 프랑스 국립연구기관인 '콜레주 드 프랑스'는 "손으로 글을 쓰면 자동으로 작동하는 특별한 신경회로가 있어 배움이 더 쉬워진다"고 했다. 손은 뇌가 내리는 명령을 수행

하는 운동기관일 뿐 아니라 뇌에 가장 많은 정보를 제공하는 감각기관이기 때문에 손을 많이 사용하면 할수록 전두엽에 가해지는 자극이 커지고 그 과정에서 두뇌의 중추인 전두엽은 자극을 해석하는 것을 넘어서 창의적 활동을 한다고 했다.

필사하면 윤동주 시인을 빼놓을 수 없다. 윤동주는 자신이 좋아하는 시인 백석의 시집 『사슴』이 출간되었다는 소식을 듣고 다른 사람들보다 먼저 구하려 했지만 구할 수 없어 시집 전체를 필사해서 읽으면서 문해력을 키우고 시상을 떠올렸다고 한다.

윤동주의 시집은 그의 사후인 1948년 정음사에서 『하늘과 바람과 별과 시』라는 이름으로 최초로 출간되었다. 윤동주의 시 31편이 1~3부에 걸쳐 실려 있는데, 이 책 1~3장에 실었다.

1955년에는 윤동주 서거 10주년을 기념해 『하늘과 바람과 별과 시』 증보판이 나왔다. 초판본에 더해 시와 산문 62편이 추가되어 총 93편이 실렸다. 추가된 시와 산문은 1948년 12월 윤동주의 여동생 윤혜원이 서울로 남하하면서 고향집에 있던 오빠의 모든 원고와 즐겨보던 책 등 유품을 가지고 오면서 공개된 작품들이다.(당시 윤혜원은 감시가 심해 사진 앨범은 가져오지 못했다. 잘못하면 감시원에 발각되어 소중한 원고까지 빼앗길까 봐 앨범은 나중에 찾을 계획으로 친척집에 보관해 둔 채로 왔는데 사정이 생겨 찾지 못했다. 윤혜원은 두고두고 이를 아쉬워하며 가슴 아파 했다고 한다.) 추가된 시 57편 중 35편은 3부 「참회록」에 이어서 실렸고, 나머지 22편은 동요여서 4부로 독립되어 실렸으며, 5부에 산문 5편이 실렸다. 이 책에서는 3부에 추가된 시를 4장으로, 동요인 4부를 5장으로 각각 실었고, 산문 5편은 7장에 실었다.

1979년 증보판에는 윤혜원이 용정에서 가져온 시들과 새로 발견된 윤동주의 작품 중에서 그동안 진위 여부를 가리기 위해 수록을 보류했던 23편이 추가되었다. 이 책에는 6장에 실려 있다. 미완성이거나 원고에서 삭제 표시한 시를 포함해 기존 윤동주 시집에 실리지 않은 작품 8편은 이 책의 8장에 실었다.

이 시집의 표기는 가능한 현대어 표기법을 따르면서 읽기에 지장이 없는 한 당시의 표기법 그대로 표기해 원문의 느낌을 최대한 살리고자 했으며, '얼골/얼굴' '코쓰모쓰/코스모스' 등 발간 연도에 따라 다르게 실린 몇몇 단어는 그 변화가 와 닿을 수 있도록 당시에 발간된 대로 표기하였다.

헤밍웨이를 비롯해 김훈, 김영하, 신경숙, 한강 등 모든 유명한 작가들은 필사를 했다. 차분히 앉아서 문장을 읽고 천천히 손으로 따라 쓰다 보면 복잡하게 얽힌 일들이 자연스럽게 풀리고, 종이에 쓰는 필기감이 스트레스 해소를 돕는다고도 한다. 독자들께서도 필사를 통해 어휘력과 문장력의 향상과 함께 기억을 깨우는 체험도 해보시길 바란다.

광화문에서 서울시인협회 회장 민윤기

차례

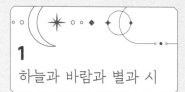

1
하늘과 바람과 별과 시

2
흰 그림자

3
밤

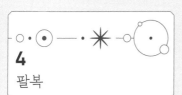

4
팔복

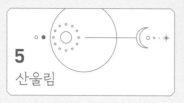

5
산울림

6
식권

7
산문

8
나중에 발굴된 시

하늘과 바람과 별과 시

죽는 날까지 하늘을 우러러
한 점 부끄럼이 없기를,
잎새에 이는 바람에도
나는 괴로워했다.
별을 노래하는 마음으로
모든 죽어가는 것을 사랑해야지
그리고 나한테 주어진 길을
걸어가야겠다.

오늘 밤에도 별이 바람에 스치운다.

(1941.11.20)

● 이 시는 '서시'라는 이름으로 통용되고 있다. 그러나 대한민국예술원
회장을 지낸 이근배 시인은 서시의 제목을 '하늘과 바람과 별과 시'로
되돌려야 한다고 하면서 윤동주는 서시를 쓴 적이 없다고 한다. 윤동
주 시인의 시는 100% 육필 원고가 남아있는데 서시라는 말은 육필원
고 어디에도 나오지 않는다. 시의 내용에도 하늘, 바람, 별은 나오지만

서시는 어디에도 없어서 지금이라도 제목을 윤동주가 쓴 대로 다시 바
꿔야 하겠다. 이 시는 윤동주의 시 세계를 상징적으로 보여주는 시로
자유와 부끄러움이 없는 삶을 살고자 하는 의지가 담겨있다. 또한 이
시는 이바라기 노리코 시인에 의해 일본의 고등학교 국어 교과서에도
실려 있다.

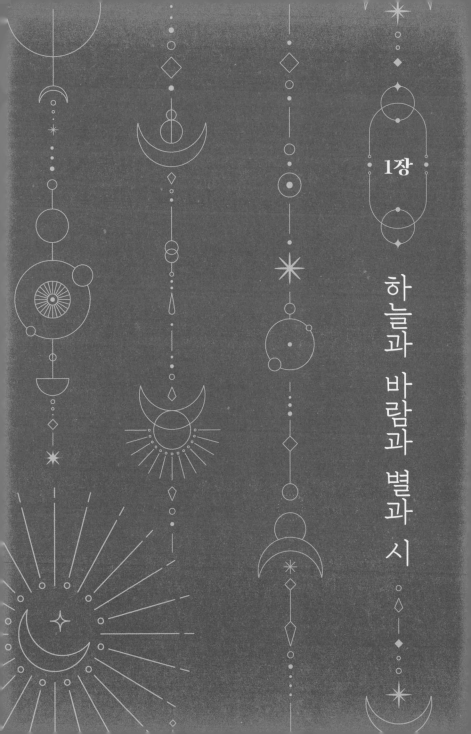

1장

하늘과 바람과 별과 시

자화상

산모퉁이를 돌아 논가 외딴 우물을 홀로 찾아가선 가만히 들여다봅니다.

우물 속에는 달이 밝고 구름이 흐르고 하늘이 펼치고 파아란 바람이 불고 가을이 있습니다.

그리고 한 사나이가 있습니다.
어쩐지 그 사나이가 미워져 돌아갑니다.

돌아가다 생각하니 그 사나이가 가엾어집니다. 도로 가 들여다보니 사나이는 그대로 있습니다.

다시 그 사나이가 미워져 돌아갑니다.
돌아가다 생각하니 그 사나이가 그리워집니다.

우물 속에는 달이 밝고 구름이 흐르고 하늘이 펼치고 파아란 바람이 불고 가을이 있고 추억追憶처럼 사나이가 있습니다.

(1939.9)

● 자화상은 자기가 그린 자신의 초상화를 말하지만, 동주는 자신의 모습을 자화상이라는 제목으로 시를 썼다. 이 시는 동주가 연희전문학교(연세대학교) 재학 때 쓴 시로 일제 강점기라는 암울한 시대의 현실 속에서 부끄럽게 살아가는 자신의 모습을 거울에 비처 보듯, 우물을 들여다보는 행위를 통해 자아 성찰의 상징적 공간으로 활용하면서 자신의 내면을 형상화하고 있다.

소년

여기저기서 단풍잎 같은 슬픈 가을이 뚝뚝 떨어진다. 단풍잎 떨어져
나온 자리마다 봄을 마련해 놓고 나무가지 위에 하늘이 펼쳐 있다.
가만히 하늘을 들여다 보려면 눈썹에 파란 물감이 든다. 두 손으로
따뜻한 볼을 쓸어보면 손바닥에도 파란 물감이 묻어난다. 다시 손바
닥을 들여다본다. 손금에는 맑은 강물이 흐르고, 맑은 강물이 흐르
고, 강물속에는 사랑처럼 슬픈 얼굴— 아름다운 순이順伊의 얼굴이
어린다. 소년少年은 황홀히 눈을 감아본다. 그래도 맑은 강물은 흘러
사랑처럼 슬픈 얼굴— 아름다운 순이順伊의 얼굴은 어린다.

(1939)

● 이 시는 단풍이 물든 아름다운 가을을 노래한다. 슬픈 가을이 뚝뚝 떨
어지고, 볼을 만지면 손바닥에 파란 물감이 묻어나고, 손금에 맑은 강
물이 흐른다. 그 강물 속에는 순이의 아름답고 슬픈 얼굴이 물 흐르듯
나래를 펼친다. 이 시는 끝말잇기 놀이처럼 새로운 낱말이 시인의 상
상력으로 계속해서 끝을 잇는다.

눈 오는 지도

순이順伊가 떠난다는 아츰에 말 못할 마음으로 함박눈이 나려, 슬픈 것처럼 창밖에 아득히 깔린 지도 위에 덮인다.

방 안을 돌아다 보아야 아무도 없다. 벽과 천정이 하얗다. 방 안에까지 눈이 나리는 것일까, 정말 너는 잃어버린 역사처럼 홀홀이 가는 것이냐, 떠나기 전에 일러둘 말이 있든 것을 편지를 써서도 네가 가는 곳을 몰라 어느 거리, 어느 마을, 어느 지붕 밑, 너는 내 마음속에만 남아 있는 것이냐, 네 쪼고만 발자욱을 눈이 자꾸 나려 덮여 따라갈 수도 없다. 눈이 녹으면 남은 발자욱 자리마다 꽃이 피리니 꽃 사이로 발자욱을 찾어 나서면 일년열두달 하냥 내 마음에는 눈이 나리리라.

(1941.3.12)

● 이 시에서 동주는 순이를 떠나보내야만 하는 사실을 숙명으로 받아들이면서도 공연히 내리는 눈을 핑계로 어깃장을 부리고 있다. 눈이 녹는 자리에는 꽃이 피고, 꽃 사이로 발자국을 찾어 나서는 동주의 마음에도 눈이 내린다는 표현이 슬픔을 자아낸다.

돌아와 보는 밤

세상으로부터 돌아오듯이 이제 내 좁은 방에 돌아와 불을 끄옵니다. 불을 켜두는 것은 너무나 피로롭은 일이옵니다. 그것은 낮의 연장延長이옵기에ㅡ

이제 창을 열어 공기를 바꾸어 들여야 할 텐데 밖을 가만히 내다 보아야 방 안과 같이 어두워 꼭 세상 같은데 비를 맞고 오던 길이 그대로 비 속에 젖어 있사옵니다.

하루의 울분을 씻을바 없어 가만히 눈을 감으면 마음속으로 흐르는 소리, 이제, 사상思想이 능금처럼 저절로 익어 가옵니다.

(1941.6)

● 일제의 가혹한 탄압으로 어수선하고 엄혹한 바깥세상에서 돌아와, 호젓한 방안에서 불을 끄고 어둠과 대면하는 윤동주 시인의 내면의 세계가 훤히 보인다. 따라서 시인에게 있어 밤은 구원의 공간이고 해방감이 깃든 위안의 보금자리다. 희망을 가져 봐도 현실은 어둡고 암울하여 출구 없는 열정을 가슴속 깊은 곳에 삭이는 수밖에 없다는 현실이 안타깝기만 하다.

병원

살구나무 그늘로 얼골을 가리고 병원 뒤뜰에 누워, 젊은 여자가 흰 옷 아래로 하얀 다리를 드려내 놓고 일광욕을 한다. 한나절이 기울도록 가슴을 앓는다는 이 여자를 찾어 오는 이, 나비 한 마리도 없다. 슬프지도 않은 살구나무가지에는 바람조차 없다.

나도 모를 아픔을 오래 참다 처음으로 이곳에 찾어 왔다. 그러나 나의 늙은 의사는 젊은이의 병을 모른다. 나한테는 병이 없다고 한다. 이 지나친 시련, 이 지나친 피로, 나는 성내서는 안 된다.

여자는 자리에서 일어나 옷깃을 여미고 화단에서 금잔화 한포기를 따 가슴에 꼽고 병실 안으로 사라진다. 나는 그 여자의 건강이— 아니 내 건강도 속히 회복되기를 바라며 그가 누웠던 그 자리에 누워본다.

(1940.12)

● 병원은 윤동주가 '하늘과 바람과 별과 시' 시집의 제목이 되기 전 제목으로 하려던 작품이다. 이 시는 일제 치하의 아픈 현실을 병원에 빗대어 쓴 작품이다. 병을 앓고 있는 여인이 겪고 있는 고통은, 식민시대를 살고 있는 모든 사람이 함께 겪는다는 것이다. 시인은 그 여인과 내 건

강이 빨리 회복되기를 기원하며 그녀가 누워있던 자리에 자신도 누워
봄으로 구원의 손길을 기다리는 상징적 의미를 담고 있는 시다. 윤동
주가 그 동안의 하숙 생활을 정리하고 연희전문학교 기숙사에 들어가
그해 1940년 12월에 완성한 작품이다.

새로운 길

내를 건너서 숲으로
고개를 넘어서 마을로

어제도 가고 오늘도 갈
나의 길 새로운 길

민들레가 피고 까치가 날고
아가씨가 지나고 바람이 일고

나의 길은 언제나 새로운 길
오늘도… 내일도…

내를 건너서 숲으로
고개를 넘어서 마을로

(1938.5.10)

● 이 시는 연희전문학교 교지에 실린 시로 새로운 세계에 대한 희망과
미래에 대한 기대가 상존해 있다. 더 넓은 세계로 마음껏 나아가고 싶
은 윤동주의 간절한 생각이 눈에 보이는 것 같다.

간판없는 거리

정거장 플랫폼에
나렸을 때 아무도 없어,

다들 손님들뿐,
손님 같은 사람들뿐,

집집마다 간판이 없어
집 찾을 근심이 없어

빨갛게
파랗게
불붙는 문자도 없이

모퉁이마다
자애로운 헌 와사등瓦斯燈
불을 혀놓고,

손목을 잡으면
다들, 어진사람들
다들, 어진사람들

봄, 여름, 가을, 겨울,
순서로 돌아들고.

(1941)

● 정거장에 내렸을 때 아는 사람은 아무도 없고 다들 손님뿐이라는 말
이 외롭고 쓸쓸함을 더해 준다. 이 시에는 곳곳에 어둠의 그림자가 깔
려있고 경직된 사회의 거리에서 아픈 가슴의 상처가 아른거린다. 간판
없는 거리는 죽은 공간처럼 활기 없이 살아가는 조선 사람들의 모습이
시인의 마음을 아프게 하고 식민지의 설움이 슬프게 묻어나는 시다.
하지만 절망을 넘어 새로움이 봄, 여름, 가을, 겨울 다시 돌아오기를 간
절히 바라는 마음이 담겨 있다.

태초의 아침

봄날 아침도 아니고
여름, 가을, 겨울,
그런 날 아침도 아닌 아침에

빨—간 꽃이 피어났네,
햇빛이 푸른데,

그 전날 밤에
그 전날 밤에
모든 것이 마련되었네,

사랑은 뱀과 함께
독毒은 어린 꽃과 함께

● '봄날 아침도 아니고 여름, 가을, 겨울, 그런 날 아침도 아닌 아침에'로
시작되는 이 시는 성경의 창세기를 근간으로 했다. 아침에 피어나는 빨
간 꽃과 그에 담긴 독이라는 상반된 이미지를 통해 삶에 대한 아름다움
과 위험과 갈등이 내재된 시로 모순적인 진실이 날카롭게 묘사되어 있
다. '사랑은 뱀과 함께 / 독은 어린 꽃과 함께' 이 마지막 구절에서 시인
은 삶의 본질을 얼마나 무섭게 꿰뚫어 보고 있는가를 알 수 있다.

또 태초의 아침

하얗게 눈이 덮이었고
전신주가 잉잉 울어
하나님 말씀이 들려온다.

무슨 계시일까.

빨리
봄이 오면
죄罪를 짓고
눈이
밝어

이브가 해산解産하는 수고를 다하면

무화과 잎사귀로 부끄런데를 가리고

나는 이마에 땀을 흘려야겠다.

(1941.5.31)

● 이 시 또한 창세기를 모티브로 같은 날 쓴 시다. 따라서 태초의 아침의
완성편이나 다름없다. 하얗게 눈 덮인 풍경을 상상하면서 태초의 순간
을 떠올려 보고 새로운 내일을 준비해야겠다는 의지가 담겨 있다.

새벽이 올 때까지

다들 죽어가는 사람들에게
검은 옷을 입히시오.

다들 살아가는 사람들에게
흰옷을 입히시오.

그리고 한 침대에
가즈런이 잠을 재우시오.

다들 울거들랑
젖을 먹이시오.

이제 새벽이 오면
나팔소리 들려올 게외다.

(1941.5)

● 이 시는 삶과 죽음의 경계를 고요한 새벽으로 묘사했다. 인간의 삶과
   죽음은 하나의 순환 속에서 이루어지고 죽음을 맞이한 사람과 현재를
   살아가는 사람들을 검은 옷과 흰옷을 입힌 모습으로 구분하면서도 결
   국에는 같은 침대에서 쉬게 된다는 것이 상징적으로 나타나 있다.

무서운 시간

거 나를 부르는 것이 누구요,

가랑잎 잎파리 푸르러 나오는 그늘인데,
나 아직 여기 호흡이 남아 있소.

한번도 손들어 보지 못한 나를
손들어 표할 하늘도 없는 나를

어디에 내 한 몸 둘 하늘이 있어
나를 부르는 것이오.

일을 마치고 내 죽는 날 아침에는
서럽지도 않은 가랑잎이 떨어질렌데……

나를 부르지 마오.

(1941.2.7)

● 　사람은 어렵게 삶을 이어가고 있는 자기에게 누군가가 힘든 삶을 확인
시켜 줄 때 한없는 외로움과 두려움이 엄습해 오기도 한다. 이 시는 일

제 치하의 시대적인 어두움에도 최소한의 목표와 긍지를 가지고 살고
자하는 몸부림과 죽음을 거부하려는 시인의 의지가 깃들어 있다.

십자가

쫓아오던 햇빛인데
지금 교회당 꼭대기
십자가에 걸리었습니다.

첨탑이 저렇게도 높은데
어떻게 올라갈 수 있을까요.

종소리도 들려오지 않는데
휘파람이나 불며 서성거리다가,

괴로웠던 사나이,
행복한 예수·그리스도에게
처럼
십자가가 허락된다면

모가지를 드리우고
꽃처럼 피어나는 피를
어두워가는 하늘 밑에
조용히 흘리겠습니다.

(1941.5.31)

● 이 시에서 윤동주는 역사가 자신의 희생을 요구할 때 기꺼이 자신의
몸을 십자가에 매달겠다고 다짐하고 있다. 어쩌면 그는 십자가의 다짐
처럼 일본 유학을 끝낼 즈음 조선 독립과 민족 문화 수호를 선동했다
는 이유로 체포되어 후쿠오카 감옥에서 생체실험의 대상이 되어 스물
일곱의 젊은 나이에 억울하게 사망했다.

바람이 불어

바람이 어디로부터 불어와
어디로 불려가는 것일까,

바람이 부는데
내 괴로움에는 이유가 없다.

내 괴로움에는 이유가 없을까,

단 한 여자를 사랑한 일도 없다.
시대時代를 슬퍼한 일도 없다.

바람이 자꼬 부는데
내 발이 반석 위에 섰다.

강물이 자꼬 흐르는데
내 발이 언덕 위에 섰다.

(1941.6.2)

● 이 시에서 바람으로 상징되는 외적인 환경을 여러 번 반복하면서 '내
발이 언덕 위에 섰다.'는 내적인 의지를 다지고 또 다지고 있다. 따라

서 바람은 단순한 자연현상의 바람만을 가리키는 것이 아니라 풍파와
고난처럼 전이된 의미로 읽어야 그 뜻이 제대로 살아난다.

슬픈 족속

흰 수건이 검은 머리를 두르고
흰 고무신이 거친 발에 걸리우다.

흰 저고리 치마가 슬픈 몸집을 가리고
흰 띠가 가는 허리를 질끈 동이다.

(1938.9)

● 이 시는 윤동주 시인의 민족의식이 간결하면서도 깊이 있게 드러나 있
다. 흰색은 우리 민족의 청렴과 결백, 그리고 순수와 절제를 상징한다.
따라서 이 시의 마지막에 '허리를 질끈 동이다'는 표현은 엄혹한 시대
를 견디고 있는 사람들에게 잃어버린 민족혼을 되찾고 독립의 의지를
다지는 몸부림이라 할 수 있다.

눈감고 간다

태양을 사모하는 아이들아
별을 사랑하는 아이들아

밤이 어두웠는데
눈감고 가거라.

가진 바 씨앗을
뿌리면서 가거라.

발뿌리에 돌이 채이거든
감았던 눈을 와짝 떠라.

(1941.5.31)

● 이 시에는 고난과 좌절을 극복해 나가는 의지와 행동이 뚜렷이 보인
  다. 따라서 어떤 비바람이 몰아쳐도 가슴에 품은 뜻을 이루기 위해 뒤
  돌아보지 말고 앞을 향해 나아가라는 자기 자신에 대한 다짐이다.

또 다른 고향

고향에 돌아온 날 밤에
내 백골白骨이 따라와 한 방에 누웠다.

어둔 방은 우주로 통하고
하늘에선가 소리처럼 바람이 불어온다.

어둠속에 곱게 풍화작용하는
백골을 들여다보며
눈물짓는 것이 내가 우는 것이냐
백골이 우는 것이냐
아름다운 혼魂이 우는 것이냐

지조 높은 개는
밤을 새워 어둠을 짖는다.

어둠을 짖는 개는
나를 쫓는 것일 게다.

가자 가자
쫓기우는 사람처럼 가자

백골 몰래
아름다운 또 다른 고향에 가자.

(1941.9)

● 이 시는 엄혹한 시대의 불안과 절망을 극복하려는 불굴의 저항정신을
　담고 있다. 윤동주 시인의 현실적 자아가 살고 있는 만주 명동촌에 있
　는 고향과 이상적 자아가 가고자 하는 정신적 안식처로 '또 다른 고향'
　이 서로 엇갈림에서 나타나는 불안과 고뇌가 보인다. 따라서 이 시에
　는 현실적 공간을 뛰어넘어 밝고 자유로운 이상향으로 나아가고 싶어
　하는 시인의 간절한 마음이 녹아있다.

길

잃어 버렸습니다.
무얼 어디다 잃었는지 몰라
두 손이 주머니를 더듬어
길게 나아갑니다.

돌과 돌과 돌이 끝없이 연달아
길은 돌담을 끼고 갑니다.

담은 쇠문을 굳게 닫아
길 위에 긴 그림자를 드리우고

길은 아침에서 저녁으로
저녁에서 아침으로 통했습니다.

돌담을 더듬어 눈물 짓다
쳐다보면 하늘은 부끄럽게 푸릅니다.

풀 한포기 없는 이 길을 걷는 것은
담 저쪽에 내가 남아 있는 까닭이고,

내가 사는 것은 다만,

잃은 것을 찾는 까닭입니다.

(1941.9.31)

● 이 시는 잃어버린 길을 찾아 나서는 삶의 과정을 따뜻한 언어로 쓴 작
품으로 시의 전개가 아름답다. 길은 영혼을 향한 가능성이고 삶을 확
인하는 통로이기도 하다. 윤동주 시인은 불모지에 서 있으면서도 저쪽
에 있는 나에게 희망과 미래가 있다고 믿으며 살아가야 한다는 의지가
돋보이는 시라고 할 수 있다.

별 헤는 밤

계절이 지나가는 하늘에는
가을로 가득 차 있습니다.

나는 아무 걱정도 없이
가을 속의 별들을 다 헤일 듯합니다.

가슴속에 하나 둘 새겨지는 별을
이제 다 못 헤는 것은
쉬이 아침이 오는 까닭이오,
내일 밤이 남은 까닭이오,
아직 나의 청춘이 다하지 않은 까닭입니다.

별 하나에 추억과
별 하나에 사랑과
별 하나에 쓸쓸함과
별 하나에 동경과
별 하나에 시와
별 하나에 어머니, 어머니,
어머님, 나는 별 하나에 아름다운 말 한마디씩 불러봅니다. 소학교
때 책상을 같이 했던 아이들의 이름과 패, 경, 옥 이런 이국소녀들의

이름과, 벌써 애기 어머니 된 계집애들의 이름과, 가난한 이웃사람들의 이름과, 비둘기, 강아지, 토끼, 노새, 노루, "프랑시스 · 잠" "라이너 · 마리아 · 릴케" 이런 시인의 이름을 불러 봅니다.

이네들은 너무나 멀리 있습니다.
별이 아스라이 멀듯이.

어머님,
그리고, 당신은 멀리 북간도에 계십니다.

나는 무엇인지 그리워
이 많은 별빛이 내린 언덕 위에
내 이름자를 써보고,
흙으로 덮어 버리었습니다.

따는 밤을 새워 우는 벌레는
부끄러운 이름을 슬퍼하는 까닭입니다.

그러나 겨울이 지나고 나의 별에도 봄이 오면
무덤 위에 파란 잔디가 피어나듯이
내 이름자 묻힌 언덕 위에도
자랑처럼 풀이 무성할 게외다.

(1941.11.5)

● '별 헤는 밤'은 윤동주의 시 중에서 가장 길고 서정적인 시로 가장 많이 낭송되기도 한다. 이 시에서 말하는 어머니는 시인의 어머니인 동시에 독자들의 어머니이기도 하다. 시인은 일본에 나라를 빼앗겼을 때 과격한 행동을 할 나이는 아니었지만 독립을 염원하는 마음은 누구보다 강했다고 볼 수 있다. 따라서 일제에 항거하는 저항정신을 가슴에 품고 살면서 끊임없이 자신을 돌아보며 조국의 광복을 꿈꾸었던 청년이었다. 이 시에는 어머니에 대한 그리움과 소학교 때 같이 공부했던 친구들과의 추억과 여리고 순수한 마음이 절절하게 담겨 있다.

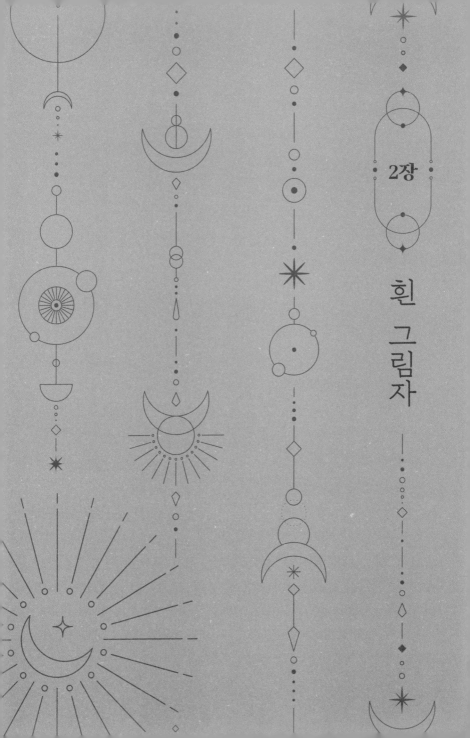

2장

흰 그림자

흰 그림자

황혼이 짙어지는 길모금에서
하루 종일 시들은 귀를 가만히 기울이면
땅거미 옮겨지는 발자취 소리,

발자취 소리를 들을 수 있도록
나는 총명했든가요.

이제 어리석게도 모든것을 깨달은 다음
오래 마음 깊은 속에
괴로워하든 수많은 나를
하나, 둘 제 고장으로 돌려 보내면
거리 모퉁이 어둠 속으로
소리 없이 사라지는 흰 그림자,

흰 그림자들
연연히 사랑하든 흰 그림자들,

내 모든것을 돌려 보낸 뒤
허전히 뒷골목을 돌아
황혼처럼 물드는 내 방으로 돌아오면

신념信念이 깊은 으젓한 양¥처럼
하루 종일 시름없이 풀포기나 뜯자.

(1942.4.14)

● 이 시는 윤동주가 일본 도쿄의 릿교대학 재학시절에 쓴 시를 편지와
함께 서울에 있는 친구 강처중에게 편지와 함께 보낸 시다. 흰 그림자
는 그가 양복을 입고 신문화를 받아들이기 이전의 모습을 담았다. 또
한 이 시는 조국에서 흰 조선옷을 입고 토착적인 삶을 살아가고 있을
때의 자신의 모습을 환기시키고, 일본에서 외로움을 견디기 위한 자기
위안의 시라고 할 수 있다.

사랑스런 추억

봄이 오던 아침, 서울 어느 쪼그만 정거장에서 희망과 사랑처럼 기차를 기다려,

나는 플랫폼에 간신한 그림자를 떨어뜨리고, 담배를 피웠다.

내 그림자는 담배 연기 그림자를 날리고,
비둘기 한 떼가 부끄러울 것도 없이
나래 속을 속, 속, 햇빛에 비춰, 날았다.

기차는 아무 새로운 소식도 없이
나를 멀리 실어다 주어,

봄은 다 가고— 동경 교외郊外 어느 조용한 하숙방에서, 옛 거리에 남은 나를 희망과 사랑처럼 그리워한다.

오늘도 기차는 몇 번이나 무의미하게 지나가고,
오늘도 나는 누구를 기다려 정거장 가차운 언덕에서 서성거릴 게다.

—아아 젊음은 오래 거기 남아 있거라.

(1942. 5. 13)

● 이 시도 도쿄의 유학생 시절에 썼다. 시에서는 기차를 기다리며 의자에 앉아 있는 시인과 기차를 타고 멀리 떠나버린 또 다른 시인이 존재한다. 기차를 타고 떠나온 시인은 도쿄의 어느 하숙방에 앉아 옛 거리에 남아 있는 시인을 그리워한다. 그는 무의미하게 지나가는 기차를 바라보며 '누구를 기다린다'고 했는데 기다리는 대상이 옛 거리에 남아 있는 자신일지 모른다고 생각하지만 시인은 알고 있다. 기다리고 있는 예전의 나는 영영 만나지 못한다는 것을 예감하고 있는 것이다. 그래서 시인은 '아아 젊음은 오래 거기 남아 있거라'라고 젊음을 회상하고 그리워하는 것이다.

흐르는 거리

으스럼이 안개가 흐른다. 거리가 흘러간다. 저 전차, 자동차, 모든 바퀴가 어디로 흘리워 가는 것일까? 정박할 아무 항구도 없이, 가련한 많은 사람들을 싣고서, 안개 속에 잠긴 거리는,

거리 모퉁이 붉은 포스트 상자를 붙잡고, 섰을라면 모든것이 흐르는 속에 어렴풋이 빛나는 가로등, 꺼지지 않는 것은 무슨 상징일까? 사랑하는 동무 박朴이여! 그리고 김金이여! 자네들은 지금 어디 있는가? 끝없이 안개가 흐르는데,

"새로운 날 아침 우리 다시 정답게 손목을 잡어 보세" 몇 자 적어 포스트 속에 떨어트리고, 밤을 새워 기다리면 금휘장에 금단추를 삐었고 거인처럼 찬란히 나타나는 배달부, 아침과 함께 즐거운 내림來臨,

이 밤을 하염없이 안개가 흐른다.

(1942.5.12)

● 이 시 역시 일본 유학 시절에 쓴 시로 윤동주 시인에게 알 수 없는 불안감이 전신에 흐르고 있음을 나타내는 시다. 어렴풋이 빛나는 가로등, 하염없이 흐르는 안개를 향하여 시인은 불안을 떨쳐버리려고 사랑하는 친구의 이름을 부른다. 그러나 거리에는 안개가 하염없이 흐른다.

쉽게 씌어진 시

창밖에 밤비가 속살거려
육첩방六疊房은 남의 나라,

시인이란 슬픈 천명天命인줄 알면서도
한 줄 시를 적어 볼까,

땀내와 사랑내 포근히 품긴
보내주신 학비 봉투를 받아

대학 노―트를 끼고
늙은 교수의 강의 들으러 간다.

생각해 보면 어릴 때 동무들
하나, 둘, 죄다 잃어버리고

나는 무얼 바라
나는 다만, 홀로 침전하는 것일까?

인생은 살기 어렵다는데
시가 이렇게 쉽게 씌어지는 것은

부끄러운 일이다.

육첩방은 남의 나라
창밖에 밤비가 속살거리는데,

등불을 밝혀 어둠을 조금 내몰고,
시대처럼 올 아침을 기다리는 최후의 나,

나는 나에게 적은 손을 내밀어
눈물과 위안으로 잡는 최초의 악수.

(1942.6.3)

● 이 시는 2019년 독립운동 100주년 때 윤동주의 작품 중에서 독립운동
을 대표하는 시로 꼽혔다. 이 시 역시 일본 유학 때 쓴 시로 저항 의지
와 함께 조국 해방을 염원하고 있다. 부끄러움은 일반적으로 자기혐오
에서 오는 것이지만, 시인에게 부끄러움은 양심이나 윤리의식에서 오
는 순수한 영혼의 자아성찰이라 할 수 있다. 따라서 그에게 부끄러움
은 좌절이나 체념이 아닌 절망을 극복하고 새롭게 도전하는 방향으로
나가게 된다. 이 시 또한 이바라기 노리코 시인에 의해 일본의 고등학
교 국어 교과서에 실려 있다.

봄

봄이 혈관속에 시내처럼 흘러
돌, 돌, 시내 가차운 언덕에
개나리, 진달래, 노오란 배추꽃,

삼동三冬을 참어온 나는
풀포기처럼 피어난다.

즐거운 종달새야
어느 이랑에서나 즐거웁게 솟쳐라.

푸르른 하늘은
아른아른 높기도 한데……

● 이 시는 윤동주가 일본 도쿄의 릿교대학 재학 중 친구인 강처중에게
편지와 함께 보낸 시로 날짜가 적혀있는 마지막 장이 사라진 것으로
추정되는 시다. 혈관 속에 피가 흐르는 것은 너무나 자연스러운 것으
로 봄이 흐른다고 표현했다. 이 시는 대학 첫해라 그런지 밝은 분위기
의 상쾌함이 담겨 있다.

3장

밤

밤

외양간 당나귀
아—ㅇ 앙 외마디 울음 울고,

당나귀 소리에
으—아 아 애기 소스라쳐 깨고,

등잔에 불을 다오.

아버지는 당나귀에게
짚을 한 키 담아주고,

어머니는 애기에게
젖을 한 모금 먹이고,

밤은 다시 고요히 잠드오.

(1937.3)

● 이 시는 잠 못 이루는 깊은 밤에 밖에서 들려오는 소리에 집중하다 보
면 다른 생각이나 어떤 상념도 끼어들 수 없을 것 같은 분위기의 수채
화 같은 시다. 아기 때문에 잠을 깬 엄마는 아기에게 젖을 한 모금 먹
이고 밤과 함께 잠이 든다.

유언

후어—ㄴ 한 방에
유언은 소리 없는 입놀림.

—바다에 진주 캐려 갔다는 아들
해녀와 사랑을 속삭인다는 맏아들,
이 밤에사 돌아오나 내다봐라—

평생 외롭든 아버지의 운명殞命
감기우는 눈에 슬픔이 어린다.

외딴집에 개가 짖고
휘양찬 달이 문살에 흐르는 밤.

(1937.10.24)

● 이 시는 1937년 광명중학교 5학년에 쓴 시를 1939년 연희전문학교 2
학년 2월에 조선일보에 발표한 시다. 엄혹한 일제 치하의 쓰러져가는
조국의 운명을 유언의 형식으로 표현했다고 할 수 있다.

아우의 인상화

붉은 이마에 싸늘한 달이 서리어
아우의 얼골은 슬픈 그림이다.

발걸음을 멈추어
살그머니 애띤 손을 잡으며
"너는 자라 무엇이 되려니"
"사람이 되지"
아우의 설운 진정코 설운 대답이다.

슬며—시 잡았든 손을 놓고
아우의 얼골을 다시 들여다 본다.

싸늘한 달이 붉은 이마에 젖어
아우의 얼골은 슬픈 그림이다.

(1938.9.15)

● 이 시에서는 아우의 슬픈 얼굴이 '붉은 이마에 싸늘한 달에 서리어' 라는 표현으로 슬픈 아우의 얼굴을 부각했다. 실제로 진짜 슬픈 사람은 아우가 아니고 동생을 바라보는 형의 마음속에 동생에 대한 염려와 사랑이 절절하게 담겨 있는 시라 할 수 있다. 「아우의 인상화」는 이바라기 노리코 시인에 의해 일본의 고등학교 국어 교과서에도 실려 있다.

이바라기 노리코가 윤동주 시 중에서 가장 좋아하는 사라고 하면서 이 시의 실제 주인공인 동생 윤일주 교수를 만나 대화를 나눴던 시간이 너무나 감동적이었다는 사실도 공개했다. 당시 일주씨는 "어쩌면 저는 형의 뒤치다 거리를 하기 위해 태어난 것 같아요…"라며 왠지 장난기 어린 목소리로 웃으며 말했다고 했다.

그는 형의 시집을 발간하기 위해 여러 곳에 흩어져 남겨진 시를 찾아 출간하였고, 형의 모교인 연세대학교의 윤동주 시비를 건축공학과 교수인 자신의 전공을 살려 직접 설계한 사람도 자신이라고 했다.

「아우의 인상화」는 열 살의 어린 동생 손의 감촉까지도 전해져 오는 듯 따뜻하게 다가온다. '사람이 되지'는 '인간이 되지'라고도 번역할 수 있지만, 어찌 되었든 형의 의표를 찌른 아우의 대답이 한 편의 아름다운 시를 완성시킨 것이다. 형인 윤동주도 좋은 마음을 간직하고 있었기에 동생의 '사람이 되지'라는 대답에 감동을 받아 시를 완성했을 것이다. 라고 시와 함께 수록되어 있다.

위로

거미란 놈이 흉한 심보로 병원 뒤뜰 난간과 꽃밭 사이 사람 발이 잘 닿지 않는 곳에 그물을 쳐 놓았다. 옥외 요양을 받는 젊은 사나이가 누워서 치어다 보기 바르게—

나비가 한 마리 꽃밭에 날어 들다 그물에 걸리었다. 노—란 날개를 파득거려도 파득거려도 나비는 자꼬 감기우기만 한다. 거미가 쏜살 같이 가더니 끝없는 끝없는 실을 뽑아 나비의 온몸을 감어버린다. 사나이는 긴 한숨을 쉬었다.

나이보담 무수한 고생 끝에 때를 잃고 병을 얻은 이 사나이를 위로 할 말이—거미줄을 헝클어 버리는 것밖에 위로의 말이 없었다.

(1940.12.3)

● 이 시는 산문적 어조로 암담한 현실에 처한 일제 치하의 절망적인 상황을 묘사하고 있다. 나비 한 마리가 거미줄에 걸려 발버둥 치지만 빠져 나올 수 없는 상황을 조국이 처한 현실에 빗대 답답한 심정을 토해 내고 있다. 그러나 한편으로는 고통스럽고 힘겨워하는 모든 이들에 대한 위로도 함께 담고 있는 작품이다.

간

바닷가 햇빛 바른 바위 우에
습한 간을 펴서 말리우자,

코카서스 산중에서 도망해 온 토끼처럼
둘러리를 빙빙 돌며 간을 지키자,

내가 오래 기르든 여윈 독수리야!
와서 뜯어먹어라, 시름없이

너는 살지고
나는 여위어야지, 그러나,

거북이야!
다시는 용궁의 유혹에 안 떨어진다.

프로메테우스 불쌍한 프로메테우스
불 도적한 죄로 목에 맷돌을 달고

끝없이 침전하는 프로메테우스.

(1941.11.29)

- 이 시는 윤동주의 강렬한 저항 의지가 담긴 작품으로 연희전문학교 졸업 작품으로 시집을 내려 했지만 이양하 스승의 만류로 포기하고 나서 쓴 작품이다. 동주는 끓어오르는 분노와 좌절을 풀기 위해 스스로 찾은 비상구로 시를 쓰지 않았을까 생각된다. '간'은 프로메테우스 신화와 우리나라 토끼전의 모티브가 작품의 근간을 이룬다.

산골물

괴로운 사람아 괴로운 사람아
옷자락 물결 속에서도
가슴속 깊이 돌돌 샘물이 흘러
이 밤을 더불어 말할 이 없도다.
거리의 소음과 노래 부를 수 없도다.
그신듯이 냇가에 앉었으니
사랑과 일을 거리에 맡기고
가만히 가만히
바다로 가자,
바다로 가자.

(1939)

● 시대의 고뇌를 저버리지 않고 암울한 나날에서도 자신의 길을 추구했
던 시인의 마음과 의지가 보이는 것 같은 작품이다. '사랑과 일을 거리
에 맡기고 / 가만히 가만히 / 바다로 가자, / 바다로 가자.' 시를 읽다보
면 기대와 희망이 잡힐 듯, 잡힐 듯하다.

참회록

파란 녹이 낀 구리거울 속에
내 얼골이 남어있는 것은
어느 왕조의 유물이기에
이다지도 욕될까

나는 나의 참회의 글을 한 줄에 줄이자
—만 이십사 년 일 개월을
　무슨 기쁨을 바라 살아왔든가

내일이나 모레나 그 어느 즐거운 날에
나는 또 한 줄의 참회록을 써야한다.
—그때 그 젊은 나이에
　왜 그런 부끄런 고백을 했든가

밤이면 밤마다 나의 거울을
손바닥으로
발바닥으로 닦어보자.

그러면 어느 운석隕石 밑으로 홀로 걸어가는
슬픈 사람의 뒷모양이

거울 속에 나타나 온다.

(1942)

● 윤동주 시인은 연희전문학교 졸업 때까지도 신사참배는 물론 창씨개
명을 하지 않고 버티다가 일본 유학을 가기 위해 송몽규와 함께 개명
을 할 수밖에 없었다. 시인은 창씨개명서를 제출하기 전 참회록을 써
놓고 오욕의 역사 앞에 부끄러운 고백을 할 수밖에 없었다. 나라를 빼
앗긴 그 시대의 청년들의 뼈저린 심정이 눈에 보이는 듯하다. 따라서
윤동주의 시 중에서 가장 강력한 저항 정신과 투철한 역사 인식을 동
반한 자아 성찰의 시이기도 하다.

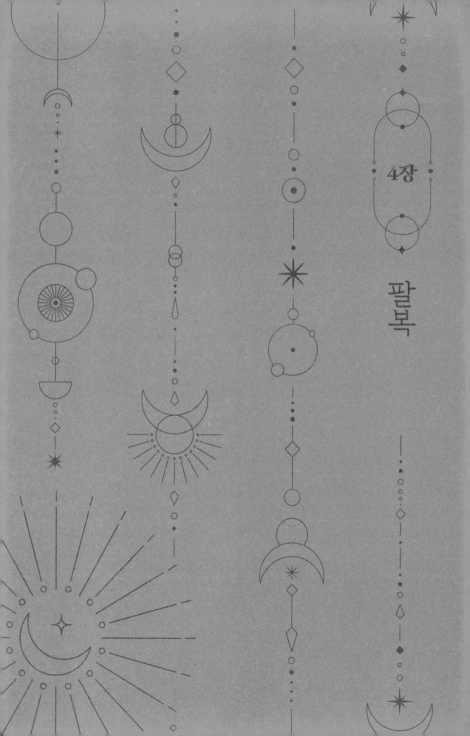

4장

팔복

팔복

— 마태복음 5장 3-12

슬퍼하는 자는 복이 있나니
슬퍼하는 자는 복이 있나니
슬퍼하는 자는 복이 있나니
슬퍼하는 자는 복이 있나니
슬퍼하는 자는 복이 있나니
슬퍼하는 자는 복이 있나니
슬퍼하는 자는 복이 있나니
슬퍼하는 자는 복이 있나니

저희가 영원히 슬플 것이오.

(1940.12)

● 이 시는 '슬퍼하는 자는 복이 있나니'라는 성경에 나오는 구절을 반복
  함으로 하나님의 복을 간절히 바라지만, 마지막 행에 '저희가 영원히
  슬플 것이오.'라고 하면서 희망적이 기대를 버리고 일제 치하가 계속
  되는 현실을 상징적으로 표현하는 시라고 할 수 있다.

못 자는 밤

하나, 둘, 셋, 네
....

밤은
많기도 하다.

(1940)

달같이

연륜年輪이 자라듯이
달이 자라는 고요한 밤에
달같이 외로운 사랑이
가슴 하나 뻐근히
연륜처럼 피어 나간다.

(1939.9)

● 이 시는 1939년 연희전문학교 재학 시절의 어느 고요한 밤에, 혼자 떠
있는 달을 쳐다보면서, 자신도 달처럼 외롭고 쓸쓸하다는 마음을 표현
한 것으로 보인다.

고추 밭

시들은 잎새 속에서
고 빠알간 살을 드러내 놓고,
고추는 방년 芳年 된 아가씬양
땍볕에 자꼬 익어간다.

할머니는 바구니를 들고
밭머리에서 어정거리고
손가락 너어는 아이는
할머니 뒤만 따른다.

(1938.10.26)

● 이 시에는 시골의 아련한 향수가 자아내는 그리움의 세계가 메마른 의
  식을 비집고 오후의 햇살처럼 평화롭게 펼쳐진다. 문명의 공해에 찌든
  인간이 맑고 순수한 자연으로 돌아가고픈 마음과 그리움이 담긴 시다.

사랑의 전당

순順아 너는 내 전殿에 언제 들어왔든 것이냐?
내사 언제 네 전殿에 들어갔든 것이냐?

우리들의 전당은
고풍古風한 풍습이 어린 사랑의 전당

순아 암사슴처럼 수정눈을 나려감어라.
난 사자처럼 엉크린 머리를 고루련다.

우리들의 사랑은 한낱 벙어리였다.

성스런 촛대에 열熱한 불이 꺼지기 전
순아 너는 앞문으로 내 달려라.

어둠과 바람이 우리 창에 부닥치기 전
나는 영원한 사랑을 안은 채
뒷문으로 멀리 사라지련다.

이제 네게는 삼림森林속의 아늑한 호수가 있고
내게는 준험한 산맥이 있다.

(1938. 6. 19)

● 윤동주의 시에 나타나는 여성의 이름은 패, 경, 옥이라고 칭하는 이국
소녀와 '순이'가 전부다. 순이라는 이름은 다른 시에서도 볼 수 있다.
동주는 이 시에 나오는 '순이'를 통해 좀 더 적극적이고 분명하게 청춘
을 말하고 사랑을 노래한다.

이적

발에 터부한 것을 다 빼어 바리고
황혼이 호수 위로 걸어 오듯이
나도 사뿐사뿐 걸어 보리이까?

내사 이 호수가로
부르는 이 없이
불리워 온 것은
참말 이적異蹟이외다.

오늘따라
연정戀情, 자홀自惚, 시기猜忌, 이것들이
자꼬 금메달처럼 만져지는구려

하나, 내 모든 것을 여념 없이
물결에 씻어 보내려니
당신은 호면湖面으로 나를 불러 내소서.

(1938.6.15)

●　이 시에서의 '이적'은 신의 힘으로만 이루어지는 기적과도 같은 기이
　한 행적을 말한다. 기독교인이었던 윤동주 시인은 신비한 힘에 이끌려
　호숫가에 불리어 간 것을 이적이라 표현했다. 그는 모든 잡념을 물결
　에 씻어 보내고 깨끗한 마음으로 정화되기를 바라는 시라 할 수 있다.

비오는 밤

솨— 철석! 파도소리 문살에 부서져
잠 살포시 꿈이 흩어진다.

잠은 한낱 검은 고래떼처럼 살래어,
달랠 아무런 재주도 없다.

불을 밝혀 잠옷을 정성스리 여미는
삼경三更.
염원念願.

동경憧憬의 땅 강남에 또 홍수질 것만 싶어,
바다의 향수보다 더 호젓해진다.

(1938.6.11)

창

쉬는 시간마다
나는 창녘으로 갑니다.

—창은 산 가르침.

이글이글 불을 피워주소,
이 방에 찬 것이 서럽니다.

단풍잎 하나
맴 도나 보니
아마도 작으마한 선풍旋風이 인게외다.

그래도 싸느란 유리창에
햇살이 쨍쨍한 무렵,
상학종上學鐘이 울어만 싶습니다.

(1937.10)

● 일제의 암울했던 시대의 창은 밖으로 나가는 희망의 문이라 할 수 있
  다. 광야로 나가는 가능성과 미래를 상징하는 통로로 암흑을 견디고
  있는 모든 지식인들의 기대를 대변한 시라고 생각된다. 엄혹한 시대를

바라보는 창과 밝고 자유로운 시대의 창은 그 차이가 너무나 선명하게
나타나기 때문이다.

바다

실어다 뿌리는
바람 조차 씨원타.

솔나무 가지마다 샛춤히
고개를 돌리어 뻐들어지고,

밀치고
밀치운다.

이랑을 넘는 물결은
폭포처럼 피어오른다.

해변에 아이들이 모인다
찰찰 손을 씻고 구보로.

바다는 자꼬 섧어진다.
갈매기의 노래에………

돌아다 보고 돌아다 보고
돌아가는 오늘의 바다여!

(1937. 9 원산 송도원에서)

● 이 시에는 폭포처럼 솟구치는 파도가 눈에 선명하게 그려진다. 소나
   무, 시원한 바람, 은은히 파도와 함께 출렁거리는 햇살, 까마득히 펼쳐
   진 모래벌판... 한 폭의 수채화처럼 서정적 표현이 산뜻하게 묘사되어
   있는 바다의 풍경을 배경으로 하고 있다.

비로봉

만상萬象을
굽어 보기란—

무릎이
오들오들 떨린다.

백화白樺
어려서 늙었다.

새가
나비가 된다.

정말 구름이
비가 된다.

옷자락이
칩다.

(1937.9)

산협의 오후

내 노래는 오히려
섧은 산울림.

골짜기 길에
떨어진 그림자는
너무나 슬프구나

오후의 명상은
아— 졸려.

(1937.9)

● 이 시는 자연 속에서 숨 쉬고 있는 여러 생명들의 조화와 어울림에서
   사람은 편안함과 위안을 얻는다. 내리쬐는 햇빛과 자연의 조화가 산골
   짜기의 오후를 아름답게 노래한다.

명상

가츨가츨한 머리칼은 오막살이 처마끝,
쉬파람에 콧마루가 서운한 양 간질키오.

들창 같은 눈은 가볍게 닫혀
이 밤에 연정戀情은 어둠처럼 골골히 스며드오.

(1937.8.20)

● 이 시에는 명상이 소년의 연정으로 이어지는 한순간을 포착하고 있다.
  시의 내용에는 명상이 강하게 드러나 있지 않지만 마치 구도자의 의식
  처럼 깊이가 있고 아늑함이 느껴진다.

소낙비

번개, 뇌성, 왁자지근 뚜다려
머ㅡㄴ 도회지都會地에 낙뢰가 있어만 싶다.

벼루짱 엎어논 하늘로
살같은 비가 살처럼 쏟아진다.

손바닥만한 나의 정원이
마음같이 흐린 호수되기 일쑤다.

바람이 팽이처럼 돈다.
나무가 머리를 이루 잡지 못한다.

내 경건한 마음을 모셔드려
노아때 하늘을 한 모금 마시다.

(1937.8.9)

한난계

싸늘한 대리석 기둥에 목아지를 비틀어 맨 한난계,
문득 들여다볼 수 있는 운명運命한 5척 6촌의 허리 가는
수은주,
마음은 유리관보다 맑소이다.

혈관이 단조로워 신경질인 여론동물輿論動物,
가끔 분수같은 냉침을 억지로 삼키기에
정력을 낭비합니다.

영하로 손구락질 할 수돌네 방처럼 추운 겨울보다
해바라기 만발한 8월 교정이 이상理想 곱소이다.
피끓을 그날이—

어제는 막 소낙비가 퍼붓더니 오늘은 좋은 날씨올시다.
동저고리 바람에 언덕으로, 숲으로 하시구려—
이렇게 가만 가만 혼자서 귓속 이야기를 하였습니다.

나는 또 내가 모르는 사이에—
나는 아마도 진실한 세기의 계절을 따라—
하늘만 보이는 울타리 안을 뛰쳐,

역사같은 포지선을 지켜야 봅니다.

(1937.7.1)

● 이 시는 기온을 측정하는 도구에 빗대어 자신이 처한 현실의 혹독함을
　　비유적으로 표현하고 있다. 자유를 박탈당한 시인의 생각과 속마음을
　　한난계에 빗대어 울분을 쏟아내고 있다.

풍경

봄바람을 등진 초록빛 바다
쏟아질 듯 쏟아질 듯 위태롭다.

잔주름 치마폭의 두둥실거리는 물결은,
오스라질듯 한끝 경쾌롭다.

마스트 끝에 붉은 깃발이
여인의 머리칼처럼 나부낀다.

     ☆   ☆

이 생생한 풍경을 앞세우며 뒤세우며
외一ㄴ 하루 거닐고 싶다.

──우중충한 오월 하늘 아래로,
──바다빛 포기포기에 수놓은 언덕으로,

(1937.5.29)

달밤

흐르는 달의 흰 물결을 밀쳐
여윈 나무 그림자를 밟으며
북망산을 향한 발걸음은 무거웁고
고독을 반려(伴侶)한 마음은 슬프기도 하다.

누가 있어만 싶은 묘지엔 아무도 없고,
정적만이 군데군데 흰 물결에 폭 젖었다.

(1937.4.15)

● 이 시는 살아갈 목적이나 의식의 작용이 없이 공허한 생각과 애수에
  젖어있는 시인의 마음을 담고 있다. 모든 사물의 실체가 안개 속에 가
  려진 것처럼 무거운 발걸음과 납덩이처럼 굳어진 시인의 고독한 마음
  을 헤아리고 있다.

장

이른 아침 아낙네들은 시들은 생활을
바구니 하나 가득 담아 이고……
업고 지고…… 안고 들고……
모여드오 자꾸 장에 모여드오.

가난한 생활을 골골이 버려놓고
밀려가고 밀려오고……
제마다 생활을 외치오…… 싸우오.

온 하루 올망졸망한 생활을
되질하고 저울질하고 자질하다가
날이 저물어 아낙네들이
쓴 생활과 바꾸어 또 이고 돌아가오.

(1937. 봄)

● 이 시에는 반복해서 사용되는 생활이라는 말이 주제를 이룬다. 생활을
바구니에 담고, 생활을 외치고, 생활을 저울질하고, 날 저물어 생활을
이고 집으로 돌아가는 아낙네들의 하루를 담고 있다. 아낙네들이 치열
하게 싸우는 생활전선의 모습이 생생하게 묘사된 시라고 할 수 있다.

황혼이 바다가 되어

하루도 검푸른 물결에
흐느적 잠기고…… 잠기고……

저— 왼 검은 고기떼가
물든 바다를 날아 횡단할고.

낙엽이 된 해초海草
해초마다 슬프기도 하오.

서창西窓에 걸린 해맑안 풍경화.
옷고름 너어는 고아의 서름.

이제 첫 항해하는 마음을 먹고
방바닥에 나뒹구오…… 뒹구오……

황혼이 바다가 되어
오늘도 수많은 배가

나와 함께 이 물결에 잠겼을게요.

(1937.1)

- 이 시는 황혼이 물들고 어둠이 점점 짙어지는 순간의 풍경을 바다로 비유해 쓴 것이다. 낙엽은 검은 고기떼와 해초로 표현되어 있고 수많은 사람들이 침몰된 배처럼 어두운 바닷속으로 들어가고 있는 모습이 너무도 슬프고 쓸쓸하다는 것을 표현하는 시다.

아침

휙, 휙, 휙,
소꼬리가 부드러운 채찍질로
어둠을 쫓아,
캄, 캄, 어둠이 깊다깊다 밝으오.

이제 이 동리의 아침이
풀살 오른 소엉덩이처럼 푸드오.
이 동리 콩죽 먹은 사람들이
땀물을 뿌려 이 여름을 길렀오.

잎, 잎, 풀잎마다 땀방울이 맺혔오.
구김살 없는 이 아침을
심호흡하오 또 하오.

(1936)

● 윤동주 시인에게 아침은 꿈과 희망과 그리고 미래를 상징한다. 아침을
  맞이하기 위한 기대와 부활의 영광을 기다리며 가슴을 펴고 심호흡을
  하면서 새롭게 하루를 시작하는 시인의 의지가 엿보인다.

빨래

빨래줄에 두 다리를 드리우고
흰 빨래들이 귓속 이야기하는 오후,

쨍쨍한 칠월 햇발은 고요히도
아담한 빨래에만 달린다.

(1936)

● 이 시는 7월의 햇살 아래 빨래들의 귓속 이야기가 한가로운 풍경과 함
께 퍼져 나가는 오후의 정경을 맛깔스럽게 표현했다. 쨍쨍한 오후의
서정이 정갈하고 산뜻하면서도 경쾌한 느낌을 준다.

꿈은 깨어지고

잠은 눈을 떴다
그윽한 유무幽霧에서.

노래하든 종달이
도망쳐 날아나고,

지난날 봄타령하든
금잔디밭은 아니다.

탑은 무너졌다,
붉은 마음의 탑이—

손톱으로 새긴 대리석탑이—
하로 저녁 폭풍에 여지없이도,

오오 황폐의 쑥밭,
눈물과 목메임이여!

꿈은 깨어졌다
탑은 무너졌다.

● 아무리 독립운동가라 해도 항상 독립의 의지가 불타지는 않을 것이다. 이 시에 나오는 깨진 꿈이나 무너진 탑은 조국의 해방에 대한 희망이 한순간 사라졌다는 의미다. 한때 꿈이 사라진 자기 자신을 생각해 보는 시라 할 수 있다.

산림

시계가 자근자근 가슴을 따려
불안한 마음을 산림이 부른다.

천년 오래인 연륜에 짜들은 유암幽暗한 산림이,
고달픈 한몸을 포옹할 인연을 가졌나보다.

산림의 검은 파동 우으로부터
어둠은 어린 가슴을 짓밟고

이파리를 흔드는 저녁바람이
솨— 공포에 떨게한다.

멀리 첫여름의 개고리 재질댐에
흘러간 마을의 과거는 아질타.

나무 틈으로 반짝이는 별만이
새날의 희망으로 나를 이끈다.

(1936.6.26)

이런 날

사이좋은 정문의 두 돌기둥 끝에서
오색기와 태양기가 춤을 추는 날,
금을 그은 지역의 아이들이 즐거워 하다.

아이들에게 하루의 건조한 학과學課로
해말간 권태가 깃들고
「모순矛盾」 두 자를 이해치 못하도록
머리가 단순하였구나.

이런 날에는
잃어 버린 완고하던 형을
부르고 싶다.

(1936.6.10)

● 이 시에서 동주는 조선을 침략한 일본보다 침략에 대해 아무것도 모르고, 즐겁게 놀고 있는 조선의 어린이들을 답답해하고 있다. 시에 나오는 오색기는 일제가 만주를 식민지화하면서 세운 만주국의 국기이고, 태양기는 주로 일제가 깃발로 사용하는 일장기를 말한다.

산상

거리가 바둑판처럼 보이고,
강물이 배암의 새끼처럼 기는
산 위에까지 왔다.
아직쯤은 사람들이
바둑돌처럼 버려 있으리라.

한나절의 태양이
함석지붕에만 비치고,
굼벙이 걸음을 하든 기차가
정거장에 섰다가 검은 내를 토하고
또 걸음발을 탄다.

텐트같은 하늘이 무너져
이 거리를 덮을까 궁금하면서
좀더 높은 데로 올라가고 싶다.

(1936.5)

● 이 시는 더 높은 곳에 올라가 더 멀리 바라보면서 꿈을 이루고 싶은 동
주의 소망이 잘 나타나 있다. 사람이 바둑돌처럼 보이고, 기차가 굼벙

이 걸음걸이로 가는 모습으로 보이려면 좀 높은 곳에 오를 때만 가능
한 것이다.

양지쪽

저쪽으로 황토 실은 이 땅 봄바람이
호인胡人의 물레바퀴처럼 돌아 지나고

아롱진 사월 태양의 손길이
벽을 등진 설은 가슴마다 올올이 만진다.

지도째기 놀음에 뉘 땅인줄 모르는 애 둘이
한 뼘 손가락이 짧음을 한恨함이어

아서라! 가뜩이나 엷은 평화가
깨어질까 근심스럽다.

(1936.6)

● 이 시는 4월의 따스한 봄날에 무심히 내리쪼이는 햇볕과 골목 풍경도
예사롭게 여기지 않는 윤동주 시인의 날카로운 시선이 돋보인다. 아
이들의 천진난만함이 어둡고 답답한 현실의 고통을 다소나마 위로해
준다.

닭

한 간(間) 계사(鷄舍) 그 너머 창공이 깃들어
자유의 향토를 잊은 닭들이
시들은 생활을 주잘대고
생산의 고로(苦勞)를 부르짖었다.

음산(陰酸)한 계사에서 쏠려나온
외래종 레구홍,
학원(學園)에서 새 무리가 밀려나오는
삼월의 맑은 오후도 있다.

닭들은 녹아드는 두엄을 파기에
아담한 두 다리가 분주하고
굶주렸든 주두리가 바즈런하다.
두 눈이 붉게 여므도록—

(1936.봄)

가슴 1

소리 없는 북,
답답하면 주먹으로
뚜다려 보오.

그래 봐도
후—
가아는 한숨보다 못하오.

(1936.3.25.평양에서)

● 이 시는 1936년 평양의 숭실중학교를 자퇴하기 전 신사참배 문제로
윤동주가 겪었던 고난과 갈등을 담았다. 따라서 시에는 드러나지 않는
공포와 불안이 스며있다. 중학생 신분으로 신사참배를 거부하고 학교
를 그만두기까지의 마음이 보이는 것 같다.

가슴 3

불 꺼진 화火독을
안고 도는 겨울밤은 깊었다.

재만 남은 가슴이
문풍지 소리에 떤다.

(1936.7.24)

비둘기

안아보고 싶게 귀여운
산비둘기 일곱 마리
하늘 끝까지 보일듯이 맑은 공일날 아침에
벼를 거두어 빤빤한 논에
앞을 다투어 모이를 주으며
어려운 이야기를 주고 받으오

날신한 두 나래로 조용한 공기를 흔들어
두 마리가 나오
집에 새끼 생각이 나는 모양이오.

(1936.3.10)

● 지금은 비둘기에 대한 이미지가 많이 퇴색되었지만, 이 시는 평화와
  순결의 상징인 비둘기에 비유하여 현실의 어둡고 답답한 환경과 심정
  을 말하고 있다. 하늘 끝까지 자유롭게 이야기를 주고받으며 날고 있
  는 비둘기를 보면서 잠시나마 희망찬 미래를 꿈꾸지 않았을까 생각해
  본다.

황혼

햇살은 미닫이 틈으로
길죽한 일자—字를 쓰고…… 지우고……

까마귀떼 지붕 우으로
둘, 둘, 셋, 넷, 자꼬 날아 지난다.
쑥쑥, 꿈틀꿈틀 북쪽 하늘로,

내사………
북쪽 하늘에 나래를 펴고 싶다.

(1936.2.25.평양에서)

● 이 시는 북쪽의 하늘을 향해 지붕 위로 날아가는 까마귀를 통해 고향
을 그리워하는 시인의 마음이 담겨있다. 또한 윤동주가 처음으로 고향
을 떠나 평양에서 숭실중학교를 다닐 때 보고 싶은 사람들을 그리며
쓴 시로 읽힌다.

남쪽 하늘

제비는 두 나래를 가지었다.
시산한 가을날—

어머니의 젖가슴이 그리운
서리 나리는 저녁—
어린 영靈은 쪽나래의 향수를 타고
남쪽 하늘에 떠돌 뿐—

(1935.10. 평양에서)

창공

그 여름날
열정의 포플러는
오려는 창공의 푸른 젖가슴을
어루만지려
팔을 펼쳐 흔들거렸다.
끓는 태양 그늘 좁다란 지점에서
천막 같은 하늘 밑에서
떠들던, 소나기
그리고 번개를,

춤추든 구름을 이끌고
남방南方으로 도망하고,
높다랗게 창공은 한 폭으로
가지 위에 퍼지고
둥근 달과 기러기를 불러왔다.

푸드른 어린 마음이 이상理想에 타고,
그의 동경憧憬의 날 가을에
조락凋落의 눈물을 비웃다.

(1935.10.20. 평양에서)

● 이 시는 무한한 영토와도 같은 창공에서 마음껏 날수 있는 자유와 평
화로움이 펼쳐진다. 오늘에 만족할 수 없는 소년의 꿈과 이상이 싱그
럽고 파릇한 축제를 마련하고 있는 것처럼 느껴지는 시다.

거리에서

달밤의 거리
광풍狂風이 휘날리는
북국北國의 거리
도시의 진주眞珠
전등 밑을 헤엄치는
조그만 인어人魚 나,
달과 전등에 비쳐
한 몸에 둘셋의 그림자,
커졌다 작아졌다.

괴롬의 거리
회색빛 밤거리를
걷고 있는 이 마음
선풍旋風이 일고 있네
외로우면서도
한 갈피 두 갈피
피어나는 마음의 그림자,
푸른 공상空想이
높아졌다 낮아졌다.

(1935.1.18)

삶과 죽음

삶은 오늘도 죽음의 서곡序曲을 노래하였다.
이 노래가 언제나 끝나랴

세상사람은—
뼈를 녹여내는 듯한 삶의 노래에
춤을 춘다
사람들은 해가 넘어가기 전
이 노래 끝의 공포를
생각할 사이가 없었다.

하늘 복판에 아로새기듯이
이 노래를 부른 자가 누구뇨

그리고 소낙비 그친 뒤같이도
이 노래를 그친 자가 누구뇨

죽고 뼈만 남은
죽음의 승리자 위인偉人들!

(1934.12.24)

● 이 시는 1934년 12월 24일 열일곱 동주가 크리스마스 이브를 보내면서 완성한 작품이다. 우리의 삶은 곧 죽음의 시작이며 삶과 죽음은 서로 연결되어 있다는 시인의 삶과 죽음에 대한 생각을 엿볼 수 있다. 이 시에는 삶의 맹목적인 도취 속에 함몰되어 진짜 삶의 본질을 보지 못하는 사람들과 죽음이라는 본질을 인식하고 그 속에서 삶을 노래하는 사람들이 공존한다. 이 시의 마지막에 나오는 '죽고 뼈만 남은 죽음의 승리자 위인들!'이라는 표현이 가슴을 때린다.

초 한 대

초 한 대—
내 방에 품긴 향내를 맡는다.

광명의 제단이 무너지기 전
나는 깨끗한 제물을 보았다.

염소의 갈비뼈 같은 그의 몸,
그의 생명인 심지心志까지
백옥 같은 눈물과 피를 흘려
불살려 버린다.

그러고도 책상머리에 아롱거리며
선녀처럼 촛불은 춤을 춘다.

매를 본 꿩이 도망하듯이
암흑暗黑이 창구멍으로 도망한
나의 방에 품긴

제물의 위대한 향내를 맛보노라.

(1934.12.24)

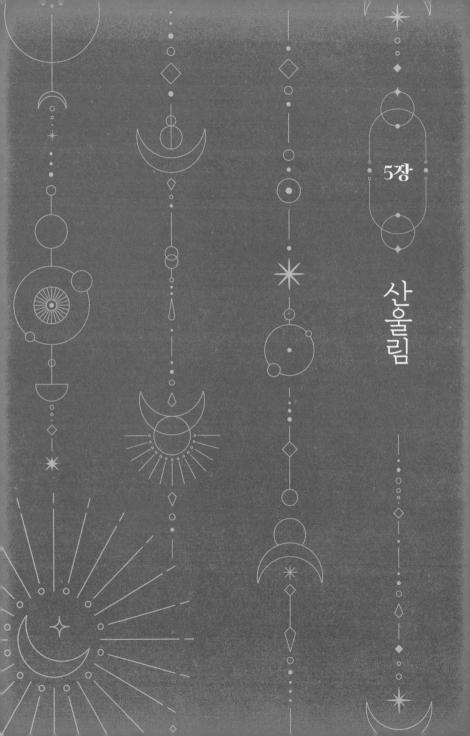

5장

산울림

산울림

까치가 울어서
산울림,
아무도 못들은
산울림,

까치가 들었다,
산울림,
저 혼자 들었다,
산울림,

(1938.5)

● 이 시에서 시인의 의식 세계는 아름다운 자연과 생명의 신비가 머릿속
가득 담겨져 있는 것이 느껴진다. 아무도 찾지 않는 깊고 깊은 산속의
숨겨진 정원에서는 인간의 고통이나 고뇌 따위는 흐르는 물처럼 사라
진다.

해바라기 얼굴

누나의 얼굴은
　해바라기 얼굴
해가 금방 뜨자
　일터에 간다.

해바라기 얼굴은
　누나의 얼굴
얼굴이 숙어들어
　집으로 온다.

(1938)

귀뜨라미와 나와

귀뜨라미와 나와
잔디밭에서 이야기했다.

귀뜰귀뜰
귀뜰귀뜰

아무게도 아르켜 주지말고
우리 둘만 알자고 약속했다.

귀뜰귀뜰
귀뜰귀뜰

귀뜨라미와 나와
달밝은 밤에 이야기했다.

(1938.추정)

애기의 새벽

우리 집에는
닭도 없단다.
다만
애기가 젖 달라 울어서
새벽이 된다.

우리 집에는
시계도 없단다.
다만
애기가 젖 달라 보채어
새벽이 된다.

(1938.추정)

● 이 시는 닭이 없어 울지 않아도 아기가 젖 달라고 울면 새벽이 온다는
표현으로 삶의 일상을 따뜻하고 경쾌하게 그린 시인의 재치가 돋보이
는 동시다.

햇빛·바람

손가락에 침 발러
쏘옥, 쏙, 쏙,
장에 가는 엄마 내다보려
문풍지를
쏘옥, 쏙, 쏙,

아침에 햇빛이 반짝,

손가락에 침 발러
쏘옥, 쏙, 쏙,
장에 가신 엄마 돌아오나
문풍지를
쏘옥, 쏙, 쏙,

저녁에 바람이 솔솔,

(1938. 추정)

● 이 시에 나오는 '쏘옥', '쏙' '반짝' '솔솔' 같은 시어들은 개구쟁이들처
럼 발랄하고 깜찍한 느낌을 준다. 동시 속의 어린이가 엄마를 기다리

면서 지루한 시간을 보내는 모습과 천진난만한 행동이 눈에 보이는 것
같다.

반디불

가자 가자 가자
숲으로 가자
달조각을 주으려
숲으로 가자.

　그믐밤 반디불은
　부서진 달조각,

가자 가자 가자
숲으로 가자
달조각을 주으려
숲으로 가자.

(1937. 추정)

● 이 시에서 시인은 반딧불을 부서진 조각달이라고 한다. 둥글게 떠 있
는 보름달에 비해 그믐밤 떠 있는 달은 한 부분이 떨어져 나간 조각이
라고 시인은 생각한 것이다.

둘 다

바다도 푸르고
하늘도 푸르고

바다도 끝없고
하늘도 끝없고

바다에 돌 던지고
하늘에 침 뱉고

바다는 벙글
하늘은 잠잠.

(1937.추정)

● 이 시는 간결하면서도 짧게 반복적인 표현으로 쓴 경쾌한 내용의 동시
다. 우주와 인간의 참모습과 함께 자연은 늘 이 모든 것을 포근하게 감
싸 안는다는 의미가 담겨있다.

거짓부리

똑, 똑, 똑,
문 좀 열어 주세요
하룻밤 자고 갑시다.
　밤은 깊고 날은 추운데
　거 누굴까?
문 열어 주고 보니
검둥이의 꼬리가
거짓부리한걸.

꼬끼요, 꼬끼요,
달걀 낳았다.
간난아 어서 집어 가거라
　간난이 뛰어가 보니
　달걀은 무슨 달걀,
고놈의 암탉이
대낮에 새빨간
거짓부리한걸.

(1937.추정)

눈

지난밤에
눈이 소오복이 왔네

지붕이랑
길이랑 밭이랑
추워 한다고
덮어주는 이불인가봐

그러기에
추운 겨울에만 나리지

(1936.12)

● 이 시에서는 고민이나 근심거리가 전혀 느껴지지 않는 정갈하고 깔끔
한 표현이 더욱 청량하다. 사뿐히 내린 눈을 이불에 비유한 발상이 너
무나 순수하고 아름답다.

참새

가을 지난 마당은 하이얀 종이
참새들이 글씨를 공부하지요.

째액째액 입으로 받아 읽으며
두 발로는 글씨를 연습하지요.

하루 종일 글씨를 공부하여도
짹 자 한 자밖에는 더 못 쓰는걸.

(1936.1.2)

버선본

어머니
누나 쓰다버린 습자지는
두었다간 뭣에 쓰나요?

그런 줄 몰랐드니
습자지에다 내 버선 놓고
가위로 오려
버선본 만드는걸.

어머니
내가 쓰다 버린 몽당연필은
두었다간 뭣에 쓰나요?

그런 줄 몰랐드니
천 위에다 버선본 놓고
침 발려 점을 찍곤
내 버선 만드는걸.

(1936.12)

편지

누나!
이 겨울에도
눈이 가득히 왔습니다.

흰 봉투에
눈을 한 줌 넣고
글씨도 쓰지 말고
우표도 붙이지 말고
말숙하게 그대로
편지를 부칠까요?

누나 가신 나라엔
눈이 아니 온다기에.

(1936.12.추정)

● 이 시는 그리운 마음을 편지에 담아 전하는 내용이다. 누나는 눈이 오지 않는 나라로 가버렸고, 나는 눈이 오는 나라에 살고 있어 만날 수 없는 애달픈 마음을 담아 편지로 보내는 시라 할 수 있다.

봄

우리 애기는
아래 발치에서 코올코올,

고양이는
부뚜막에서 가릉가릉,

애기 바람이
나무가지에서 소올소올,

아저씨 햇님이
하늘 한가운데서 째앵째앵.

(1936.10)

● 이 시는 무의식의 세계가 어느 봄날 자연과 함께 자유롭게 어우러지면
  서 우리에게 위안을 주는 시라 할 수 있다. 어려움을 견디고 나면 편안
  함과 기다림 끝에 찾아오는 만남, 마음껏 소리치고 싶은 욕구와 자유
  롭게 날고 싶은 꿈을 종달새를 통해 즐겁게 노래하고 있다.

무얼 먹고 사나

바닷가 사람
물고기 잡아 먹고 살고

산골엣 사람
감자 구어 먹고 살고

별나라 사람
무얼 먹고 사나.

(1936.10)

굴뚝

산골짜기 오막살이 낮은 굴뚝엔
몽기몽기 웨인 연기 대낮에 솟나,

감자를 굽는 게지 총각애들이
깜박깜박 검은 눈이 모여 앉아서
입술에 꺼멓게 숯을 바르고
옛이야기 한커리에 감자 하나씩.

산골짜기 오막살이 낮은 굴뚝엔
살랑살랑 솟아나네 감자 굽는 내.

(1936.가을)

햇비

아씨처럼 나린다
보슬보슬 해ㅅ비
맞아주자 다같이
  옥수숫대 처럼 크게
  닷자엿자 자라게
  햇님이 웃는다
  나보고 웃는다.

하늘다리 놓였다
알롱알롱 무지개
노래하자 즐겁게
  동무들아 이리 오나
  다같이 춤을 추자
  햇님이 웃는다
  즐거워 웃는다

(1936. 9. 9)

●   이 시는 어둡던 시대와는 반대로 세상을 너무나 청명하고 아름답게 그
려 놓았다. 반짝이는 빗방울이나 비가 그친 뒤에 뜨는 무지개는 어디
서 보아도 아름답다. 햇비는 햇빛이 있을 때 내리는 비로 여우비라고
도 한다.

빗자루

요오리 조리 베면 저고리 되고
이이렇게 베면 큰 총 되지.
　누나하고 나하고
　가위로 종이 쏠았더니
　어머니가 빗자루 들고
　누나 하나 나 하나
　엉덩이를 때렸소
　방바닥이 어지럽다고—

　아아니 아니
　고놈의 빗자루가
　방바닥 쓸기 싫으니
　그랬지 그랬어
괘씸하여 벽장 속에 감췄더니
이튿날 아침 빗자루가 없다고
어머니가 야단이지요.

(1936. 9. 9)

● 이 시는 평양의 숭실중학교에서 신사참배를 거부하고 나서 자퇴하고
고향으로 내려와 광명중학교 4학년으로 편입하고 1936년 9월 9일에
쓴 시다. 신사참배를 거부하고 고향에 내려와 마음이 홀가분해서인지

위트와 기지가 돋보이는 시로 윤동주는 동시 작가로도 충분한 실력을
갖췄다.

기왓장 내외

비오는날 저녁에 기왓장내외
잃어버린 외아들 생각나선지
꼬부라진 잔등을 어루만지며
쭈룩쭈룩 구슬피 울음웁니다.

대궐지붕 위에서 기왓장내외
아름답든 옛날이 그리워선지
주름잡힌 얼굴을 어루만지며
물끄럼히 하늘만 쳐다봅니다.

● 이 시에서 둥글게 굽은 기왓장을 노인으로 비유한 시인의 시어가 참으
로 신선하고 탁월하다. 만약 시인이 후쿠오카 감옥에서 옥사하지 않았
다면 어린이를 위한 좋은 시를 더 많이 발표하여 동시의 발전에도 빛
나는 업적을 남겼을 텐데 너무 아쉽고 미련이 남는다.

오줌싸개 지도

빨래줄에 걸어 논
　요에다 그린 지도
지난밤에 내 동생
　오줌 싸 그린 지도

꿈에 가본 엄마 계신
　별나라 지돈가?
돈 벌러간 아빠 계신
　만주땅 지돈가?

(1936)

병아리

「뽀, 뽀, 뽀
엄마 젖 좀 주」
병아리 소리.

「꺽, 꺽, 꺽,
오냐 좀 기다려」
엄마닭 소리.

좀 있다가
병아리들은
엄마 품 속으로
다 들어 갔지요.

(1936.1.6)

● 이 동시는 평양의 숭실중학교를 자퇴하고 고향으로 돌아와 광명중학
  교 4학년에 편입한 뒤 가벼운 마음으로 쓴 시다. 자퇴라는 무거운 결
  정을 하고 홀가분한 마음으로 이 시를 썼다. 시가 담고 있는 천진난만
  함과 발랄함이 돋보인다.

조개껍질

아롱아롱 조개껍데기
울 언니 바닷가에서
주어온 조개껍데기

여긴여긴 북쪽 나라요
조개는 귀여운 선물
장난감 조개껍데기

데굴데굴 굴리며 놀다
짝 잃은 조개껍데기
한 짝을 그리워하네

아롱아롱 조개껍데기
나처럼 그리워하네
물소리 바닷물소리.

(1935.12)

겨울

처마 밑에
시래기 다래미
바삭바삭
추어요.

길바닥에
말똥 동그램이
달랑달랑
얼어요.

(1936)

● 윤동주가 살던 북간도의 추위는 영하 20도를 오르내렸을 것이다. 그
래서 시래기는 얼어 바삭바삭하고, 말똥은 얼어서 대굴대굴 굴러다녔
을 북간도 명동촌의 겨울 추위가 온몸으로 느껴지는 동시다.

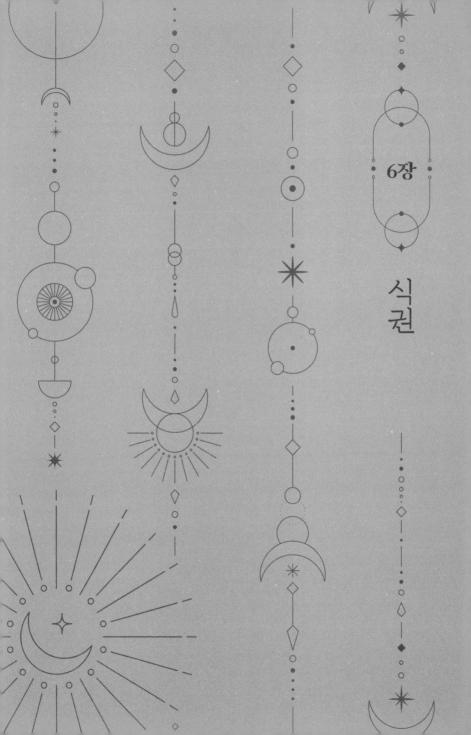

6장

식권

식권

식권은 하루 세 끼를 준다.

식모는 젊은 아이들에게
한때 흰 그릇 셋을 준다.

대동강 물로 끓인 국,
평안도 쌀로 지은 밥,
조선의 매운 고추장,

식권은 우리 배를 부르게.

(1936.3.20)

● 이 시는 단체생활에서 보게 되는 식사의 모습을 식권을 통해 말해준
  다. 따라서 집단의 질서를 짐작하게 하는 식생활에서는 구체적이고 직
  접적으로 표현되고 있지만, 한편으로는 소박함도 엿보이는 시다.

종달새

종달새는 이른 봄날
질디진 거리의 뒷골목이
싫더라.
명랑한 봄하늘,
가벼운 두 나래를 펴서
요염한 봄노래가
좋더라,
그러나,
오늘도 구멍 뚫린 구두를 끌고,
훌렁훌렁 뒷거리 길로
고기새끼 같은 나는 헤매나니,
나래와 노래가 없음인가
가슴이 답답하구나.

(1936.3. 평양)

● 이 시는 이른 봄에 하늘을 날며 노래 부르는 종달새와는 반대로 거리의 뒷골목을 헤매고 있는 윤동주의 답답한 마음이 담겨있다. 종달새는 하늘 높이 마음껏 날아 요염한 봄노래를 부르는데 자신은 날개도, 자유도 없는 처량한 심정을 담고 있다.

이별

눈이 오다 물이 되는 날
잿빛 하늘에 또 뿌연내, 그리고
커다란 기관차는 빼—액— 울며,
조고만 가슴은 울렁거린다.

이별이 너무 재빠르다, 안타깝게도,
사랑하는 사람을,
일터에서 만나자 하고—

더운 손의 맛과 구슬 눈물이 마르기 전
기차는 꼬리를 산굽으로 돌렸다.

(1936.3.20. 영현군[永鉉君]을—)

● 이 시의 근간을 이루는 만남의 기쁨과 이별의 슬픔은, 모든 인간의 원
초적 감정이다. 연기를 내뿜고 기적을 울리며 다니던 시대의 이별은
너무나 애틋하고 서럽다. 전화가 없던 시절에 이별은 끝이나 다름없었
다고 생각된다.

모란봉에서

앙당한 소나무 가지에
훈훈한 바람의 날개가 스치고,
얼음 섞인 대동강물에
한나절 햇발이 미끄러지다.

허물어진 성터에서
철모르는 여아들이
저도 모를 이국말로
재잘대며 뜀을 뛰고

난데없는 자동차가 밉다.

(1936.3.24)

오후의 구장

늦은 봄 기다리던 토요일날
오후 세시 반의 경성행 열차는
석탄 연기를 자욱이 품기고
지나가고

한 몸을 끄을기에 강하던
공이 자력磁力을 잃고
한 모금의 물이
불붙는 목을 축이기에
넉넉하다.
젊은 가슴의 피 순환이 잦고,
두 철각이 늘어진다.

검은 기차 연기와 함께
푸른 산이
아지랑이 저쪽으로
가라앉는다.

(1936. 5)

● 이 시는 운동선수로 스포츠의 승부 세계를 체험했을 윤동주 시인의 기
백과 정의감이 담긴 시라고 할 수 있다. 서울에만 가면 꿈이 이루어질

것만 갔던 소년기의 동경과 가슴에 고래 한 마리를 키우는 젊음의 싱
싱한 힘이 용솟음치고 있는 모습이 보이는 것 같다.

곡간

산들이 두 줄로 줄달음질치고
여울이 소리쳐 목이 잦았다.
한여름의 햇님이 구름을 타고
이 골짜기를 빠르게도 건너려 한다.

산등아리에 송아지 뿔처럼
울뚝불뚝히 어린 바위가 솟고,
얼룩소의 보드라운 털이
산등성이에 퍼―렇게 자랐다.

삼년만에 고향에 찾아드는
산골 나그네의 발걸음이
타박타박 땅을 고눈다.
벌거숭이 두루미 다리같이……

헌신짝이 지팡이 끝에
모가지를 매달아 늘어지고,
까치가 새끼의 날발을 태우며 날 뿐,
골짝은 나그네의 마음처럼 고요하다.

(1936. 여름)

● 이 시는 1936년 여름에 쓴 시로, 3년 만에 고향을 찾은 나그네의 지팡이 끝에 매달린 헌 신짝이 그간의 여정이 얼마나 고달팠는지를 말해준다. 한여름의 해가 빠르게 건너고 나그네는 고달픈 걸음으로 산골짝을 건너고서야 고향에 다다르지만 나그네의 마음처럼 골짜기는 고요하다고 썼다.

그 여자

함께 핀 꽃에 처음 익은 능금은
먼저 떨어졌습니다.

오늘도 가을바람은 그냥 붑니다.

길가에 떨어진 붉은 능금은
지나가는 손님이 집어 갔습니다.

(1937.7.26)

비애

호젓한 세기世紀의 달을 따라
알 듯 모를 듯한 데로 거닐고저!

아닌 밤중에 튀기듯이
잠자리를 뛰쳐
끝없는 광야를 홀로 거니는
사람의 심사心思는 외로우려니

아— 이 젊은이는
피라밋처럼 슬프구나

(1937.8.18)

● 이 시에는 급박하고 출구 없는 내심의 고뇌가 짙게 배어있다. 뜻을 펼
쳐야 하는데 길이 보이지 않는 현실의 답답함으로 잠자리에서도 벌떡
일어날 정도로 평정심을 잃은 시인의 마음이 안타깝기만 하다. 그 누
구도 대신해 줄 수 없는 이상과 현실의 고행이 담겨있다.

코스모스

청초한 코스모스는
오직 하나인 나의 아가씨,

달빛이 싸늘히 추운 밤이면
옛 소녀가 못 견디게 그리워
코스모스 핀 정원으로 찾아간다.

코스모스는
귀또리 울음에도 수줍어지고,

코스모스 앞에 선 나는
어렸을 적처럼 부끄러워지나니,

내 마음은 코스모스의 마음이요
코스모스의 마음은 내 마음이다.

(1938.9.20)

● 이 시는 코스모스와 교감을 통해서 하나의 생명력에 대한 애틋한 사랑
이 어우러진다. 젊은 시절의 향수와 그곳에 머물고 싶은 순간들이 마
음을 흔들고, 코스모스에 대한 애정과 향수가 가슴속으로 스며든다.

장미 병들어

장미 병들어
옮겨 놓을 이웃이 없도다.

달랑달랑 외로이
황마차幌馬車 태워 산에 보낼거나

뚜― 구슬피
화륜선火輪船 태워 대양大洋에 보낼거나

프로펠러 소리 요란히
비행기 태워 성층권에 보낼거나

이것저것
다 그만두고

자라가는 아들이 꿈을 깨기 전
이내 가슴에 묻어다오.

(1939.9)

공상

공상—
내 마음의 탑
나는 말없이 이 탑을 쌓고 있다.
명예와 허영의 천공天空에다
무너질 줄 모르고
한 층 두 층 높이 쌓는다.

무한한 나의 공상—
그것은 내 마음의 바다,
나는 두 팔을 펼쳐서
나의 바다에서
자유로이 헤엄친다..
황금 지욕知慾의 수평선을 향하여.

(1935.10월 이전. 추정)

● 윤동주의 시 중에서 처음으로 활자화된 시로 1935년 숭실중학교 학
우회지인 '숭실활천'에 실렸다. 새로운 환경에서 마음껏 꿈을 펼치며
수평선을 향해 상상의 나래를 펴고, 자유롭게 날고 싶은 시인의 마음
이 담겨 있다.

내일은 없다

—어린 마음이 물은

내일 내일 하기에
물었더니
밤을 자고 동틀 때
내일이라고
새날을 찾던 나는
잠을 자고 돌보니
그때는 내일이 아니라
오늘이더라
무리여! 동무여!
내일은 없나니
…………

(1934.12.24)

●   내일이 오늘이고 오늘이 내일이다. 그러나 인간은 영원히 존재하지 않
는 내일을 그래도 믿는다. 사람은 꿈을 먹고 살기에 내일은 오늘 해야
할 일이 많은 사람에게는 더없이 소중하다. 내일이라는 미래와 희망이
있기에.

호주머니

넣을 것 없어
걱정이던
호주머니는,

겨울만 되면
주먹 두 개 갑북 갑북.

(1936)

개

눈 위에서
개가
꽃을 그리며
뛰오.

(1936)

고향집

—만주에서 부른

헌 짚신짝 끄을고
　나 여기 왜 왔노
두만강을 건너서
　쓸쓸한 이 땅에

남쪽 하늘 저 밑에
　따뜻한 내 고향
내 어머니 계신 곳
　그리운 고향집

(1936.1.6)

● 세상을 살아가려면 살아가는 목적이 무엇인지 혹은 무엇을 바라고 사
는지에 대한 의문이 생기는 시기가 있다. 그럴 때는 삶에 대한 회의가
느껴지기도 한다. 시인은 힘들고 지친 삶에서도 고향에 계신 어머니를
그리워하면서 마음을 달래고, 고향을 생각하며 위안을 얻는다.

가을밤

굳은비 나리는 가을밤
벌거숭이 그대로
잠자리에서 뛰쳐나와
마루에 쭈구리고 서서
아인 양 하고
솨— 오줌을 쏘오.

(1936.10.23)

비행기

머리에 프로펠러가
연자간 풍체보다
더—빨리 돈다.
땅에서 오를 때보다
하늘에 높이 떠서는
빠르지 못하다
숨결이 찬 모양이야.

비행기는—
새처럼 나래를
펄럭거리지 못한다
그리고 늘—
소리를 지른다.
숨이 찬가 봐.

(1936.10.초)

나무

나무가 춤을 추면
　바람이 불고,
나무가 잠잠하면
　바람도 자오,

(1937년으로 추정)

사과

붉은 사과 한 개를
아버지, 어머니,
누나, 나, 넷이서
껍질채로 송치까지
다아 나눠 먹었소.

(1936년으로 추정)

눈

눈이
새하얗게 와서
눈이
새물새물하오.

(1936년으로 추정)

닭

―닭은 나래가 커도

　왜, 날잖나요

―아마 두엄 파기에

　홀, 잊었나봐.

(1936년으로 추정)

할아버지

왜 떡이 쏩은 데도
자꾸 달다고 하오.

(1937.3.10)

만돌이

만돌이가 학교에서 돌아오다가
전봇대 있는 데서
돌짜기 다섯 개를 주웠습니다.

전봇대를 겨누고
돌 첫 개를 뿌렸습니다.
—딱—
두 개째 뿌렸습니다.
—아뿔사—
세 개째 뿌렸습니다.
—딱—
네 개째 뿌렸습니다.
—아뿔사—
다섯 개째 뿌렸습니다.
—딱—

다섯 개에 세 개……
그만하면 되었다.
내일 시험,
다섯 문제에 세 문제만 하면—

손꼽아 구구를 하여 봐도
허양 육십 점이다.
볼 거 있나 공 차러 가자.

그 이튿날 만돌이는
꼼짝 못하고 선생님한테
흰 종이를 바쳤을까요
그렇잖으면 정말

육십 점을 맞았을까요

(1937.추정)

● 이 시는 윤동주가 쓴 동시 중에서 가장 길고 완성도가 높은 작품이라
할 수 있다. 은진중학교에서 축구선수로 활약했던 동주를 떠올리게 하
는 시로, 공부하기 싫은 어린이의 심리를 발랄하고 재치 있는 시선으
로 꿰뚫고 있는 동시라 할 수 있다.

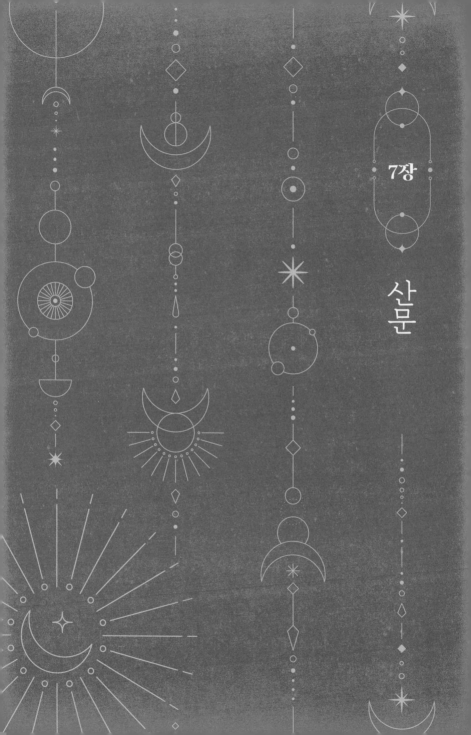

7장

산문

투르게네프의 언덕

나는 고개길을 넘고 있었다…… 그 때 세 소년 거지가 나를 지나쳤다.

첫째 아이는 잔등에 바구니를 둘러메고, 바구니 속에는 사이다병, 간즈메통, 쇳조각, 헌 양말짝 등 폐물이 가득하였다.

둘째 아이도 그러하였다.

셋째 아이도 그러하였다.

텁수루한 머리털 시커먼 얼굴에 눈물 고인 충혈된 눈, 색 잃어 푸르스럼한 입술, 너들너들한 남루, 찢겨진 맨발,

아아 얼마나 무서운 가난이 이 어린 소년들을 삼키었느냐!

나는 측은한 마음이 움직이었다.

나는 호주머니를 뒤지었다. 두툼한 지갑, 시계, 손수건, …… 있을 것은 죄다 있었다.

그러나 무럭대고 이것들을 내줄 용기는 없었다. 손으로 만지작 만지작거릴 뿐이었다.

다정스레 이야기나 하리라 하고 「얘들아」 불러보았다.

첫째 아이가 충혈된 눈으로 흘끔 돌아다볼 뿐이었다.

둘째 아이도 그러할 뿐이었다.

셋째 아이도 그러할 뿐이었다.

그리고는 너는 상관없다는 듯이 자기네 끼리 소근소근 이야기하면서 고개로 넘어갔다.

언덕 위에는 아무도 없었다.

질어가는 황혼이 밀려들 뿐

● 이 작품은 전에는 시로 구분했는데 윤동주의 고종사촌인 송몽규의 조
  카이기도 한 『윤동주 평전』의 저자인 송우혜 작가의 치밀한 분석을 통
  해 산문으로 판정되어 1955년, 『하늘과 바람과 별과 시』가 발행되면
  서 산문으로 실렸다. 따라서 이 작품은 윤동주의 다섯 편의 산문 중 하
  나가 되었다. 이 산문은 남자다운 기상보다 여성적인 따뜻함이 많이
  느껴지는 작품으로 타인을 향한 연민과 포근함을 자아낸다. 그가 세
  거지 소년에게 느끼는 따뜻한 감정보다 불러도 관심 없이 돌아보고는
  이내 자기들끼리 이야기하는 무관심에서 쓸쓸함을 더하게 한다.

달을 쏘다

번거롭던 사위四圍가 잠잠해 지고 시계 소리가 또렷하나 보니 밤은 저윽히 깊을 대로 깊은 모양이다. 보든 책자를 책상 머리에 밀어놓고 잠자리를 수습한 다음 잠옷을 걸치는 것이다. 「딱」 스위치 소리와 함께 전등을 끄고 창녘의 침대에 드러누우니 이때까지 밖은 휘양찬 달밤이었든 것을 감각치 못하였었다. 이것도 밝은 전등의 혜택이었을까.

나의 누추한 방이 달빛에 잠겨 아름다운 그림이 된다는 것보담도 오히려 슬픈 선창船艙이 되는 것이다. 창살이 이마로부터 콧마루, 입술 이렇게 하얀 가슴에 여민 손등에까지 어른거려 나의 마음을 간지르는 것이다. 옆에 누운 분의 숨소리에 방은 무시무시해 진다. 아이처럼 황황해지는 가슴에 눈을 치떠서 밖을 내다보니 가을 하늘은 역시 맑고 우거진 송림松林은 한 폭의 묵화墨畵다. 달빛은 솔가지에 솔가지에 쏟아져 바람인양 쏴— 소리가 날 듯하다. 들리는 것은 시계 소리와 숨소리와 귀또리 울음뿐 벅쩍 고던 기숙사도 절간보다 더 한층 고요한 것이 아니냐?

나는 깊은 사념思念에 잠기우기 한창이다. 딴은 사랑스런 아가씨를 사유私有할 수 있는 아름다운 상화想華도 좋고, 어릴 적 미련을 두고 온 고향에의 향수도 좋거니와 그보담 손쉽게 표현 못할 심각한 그 무엇이 있다.

바다를 건너 온 H군君의 편지 사연을 곰곰 생각할수록 사람과 사

람 사이의 감정이란 미묘한 것이다. 감상적인 그에게도 필연코 가을은 왔나 보다.

편지는 너무나 지나치지 않았던가. 그중 한 토막,

「군君아, 나는 지금 울며울며 이 글을 쓴다. 이 밤도 달이 뜨고, 바람이 불고, 인간인 까닭에 가을이란 흙냄새도 안다. 정情의 눈물, 따뜻한 예술학도였던 정情의 눈물도 이 밤이 마지막이다.」

또 마지막 켠으로 이런 구절이 있다.

「당신은 나를 영원히 쫓아버리는 것이 정직正直할 것이오.」

나는 이 글의 뉘앙스를 해득解得할 수 있다. 그러나 사실 나는 그에게 아픈 소리 한마디 한 일이 없고 설은 글 한쪽 보낸 일이 없지 아니한가. 생각컨대 이 죄는 다만 가을에게 지워 보낼 수밖에 없다.

홍안서생紅顏書生으로 이런 단안斷案을 나리는 것은 외람한 일이나 동무란 한낱 괴로운 존재요 우정이란 진정코 위태로운 잔에 떠 놓은 물이다. 이 말을 반대할 자 누구랴. 그러나 지기知己 하나 얻기 힘든다 하거늘 알뜰한 동무 하나 잃어버린다는 것이 살을 베어내는 아픔이다.

나는 나를 정원에서 발견하고 창을 넘어 나왔다든가 방문을 열고 나왔다든가 왜 나왔느냐 하는 어리석은 생각에 두뇌를 괴롭게 할 필요는 없는 것이다. 다만 귀뜨람이 울음에도 수줍어지는 코쓰모쓰 앞에 그윽히 서서 닥터·삐링쓰의 동상 그림자처럼 슬퍼지면 그만이다. 나는 이 마음을 아무에게나 전가시킬 심보는 없다. 옷깃은 민감敏感이어서 달빛에도 싸늘히 추워지고 가을 이슬이란 선득선득하여서 설은 사나이의 눈물인 것이다.

발걸음은 몸뚱이를 옮겨 못가에 세워줄 때 못 속에도 역시 가을이

있고, 삼경三更이 있고, 나무가 있고, 달이 있다.

그 찰나 가을이 원망스럽고 달이 미워진다. 더듬어 돌을 찾어 달을 향하야 죽어라고 팔매질을 하였다. 통쾌! 달은 산산히 부서지고 말았다. 그러나 놀랐든 물결이 자자들 때 오래잖아 달은 도로 살아난 것이 아니냐, 문득 하늘을 쳐다보니 얄미운 달은 머리 위에서 빈정대는 것을⋯⋯⋯

나는 곳곳한 나무가지를 고나 따를 째서 줄을 매어 훌륭한 활을 만들었다. 그리고 좀 탄탄한 갈대로 화살을 삼아 무사武士의 마음을 먹고 달을 쏘다.

(1938.10)

● 「달을 쏘다」는 윤동주가 연희전문 2학년이던 1939년의 1월 23일자 조선일보의 '학생란'에 발표했다. 산문치고는 분위기가 사뭇 시적이다. 시계 소리가 또렷해지는 깊은 밤의 고요한 정적 속에서 읽던 책을 밀어놓고 잠자리를 준비한다. 윤동주의 독서열은 소년시절부터 유난해서 대부분 새벽까지 책을 읽었다고 한다.

이 산문에서 윤동주는 '딱' 하는 전등 스위치 끄는 소리마저 서술한다. 그 당시에 '전등'의 혜택을 본 것은 서울의 대학 기숙사였기 때문이었을지도 모른다. 그 당시 우리나라의 대부분은 전기가 들어오지 않았다. '이런 단안을 나리는 것은 외람한 일이나 동무란 한낱 괴로운 존재요 우정이란 진정코 위태로운 잔에 떠놓은 물이다. 이 말을 반대할 자 누구랴. 그러나 지기知己 하나 얻기 힘든다 하거늘 알뜰한 동무 하나 잃어버린다는 것이 살을 베어내는 아픔이다.'

윤동주의 정서로서는 상당히 단호하고 담대한 반응을 드러낸 글이 아닐 수 없다. 친구의 어이없는 절교적 서신으로 말미암아 벗과 우정에 대한 생각을 깊이 고민하지 않을 수 없는 상황이었을 것이다.

'그리고 탄탄한 갈대로 화살을 만들어 무사의 마음을 먹고 「달을 쏘다」' 이것이 이 글의 마지막 장면이다. 우정에 대한 윤동주의 깊은 내면을 압도적으로 말해 주는 산문이 이 「달을 쏘다」이다. 그의 정신과 정서적 특성을 이해할 수 있는 일면이 없지 않는 이런 산문의 대목에서 우리는 그의 시 작품에 흔히 등장하는 갈길, 가을, 바람, 하늘, 달, 나무, 귀뚜라미, 슬픔 등등의 어휘를 만난다.

또한 「달을 쏘다」라는 이름으로 뮤지컬이 제작되어 서울의 '예술의 전당'에서 매년 1~2주씩 여섯 해를 공연하고 전국적으로 성황을 이룬 작품이다.

별똥 떨어진 데

밤이다.

하늘은 푸르다 못해 농회색濃灰色으로 캄캄하나 별들만은 또렷또
렷 빛난다. 침침한 어둠뿐만 아니라 오삭오삭 춥다. 이 육중한 기류
가운데 자조自嘲하는 한 젊은이가 있다. 그를 나라고 불러두자.

나는 이 어둠에서 배태胚胎되고 이 어둠에서 생장生長하여서 아직
도 이 어둠속에 그대로 생존生存하나 보다. 이제 내가 갈 곳이 어딘지
몰라 허우적거리는 것이다. 하기는 나는 세기世紀의 초점인 듯 초췌
하다. 얼핏 생각하기에는 내 바닥을 반듯이 받들어 주는 것도 없고
그렇다고 내 머리를 갑박이 나려누르는 아무것도 없는 듯하다 마는
내막은 그렇지도 않다. 나는 도무지 자유스럽지 못하다. 다만 나는
없는 듯 있는 하루살이처럼 허공에 부유浮遊하는 한 점에 지나지 않
는다. 이것이 하루살이처럼 경쾌하다면 마침 다행할 것인데 그렇지
를 못하구나!

이 점의 대칭 위치에 또 하나 다른 밝음明의 초점이 도사리고 있는
듯 생각된다. 덥석 웅키었으면 잡힐 듯도 하다.

마는 그것을 휘잡기에는 나 자신이 둔질鈍質이라는 것보다 오히려
내 마음에 아무런 준비도 배포치 못한 것이 아니냐. 그리고 보니 행
복이란 별스런 손님을 불러 들이기에도 또 다른 한 가닥 구실을 치
르지 않으면 안 될까 보다.

이 밤이 나에게 있어 어릴 적처럼 한낱 공포의 장막인 것은 벌써

흘러간 전설이오. 따라서 이 밤이 향락의 도가니라는 이야기도 나의 염원에선 아직 소화시키지 못할 돌덩이다. 오로지 밤은 나의 도전의 호적好敵이면 그만이다.

이것이 생생한 관념세계에만 머물은다면 애석한 일이다. 어둠속에 깜박깜박 조을며 다닥다닥 나란이한 초가들이 아름다운 시의 화사華詞가 될 수 있다는 것은 벌써 지나간 제너레이션의 이야기요, 오늘에 있어서는 다만 말 못하는 비극의 배경이다.

이제 닭이 홰를 치면서 맵짠 울음을 뽑아 밤을 쫓고 어둠을 줏내몰아 동켠으로 훠ㄴ히 새벽이란 새로운 손님을 불러온다 하자. 하나 경망스럽게 그리 반가워할 것은 없다. 보아라 가령 새벽이 왔다 하더래도 이 마을은 그대로 암담하고 나도 그대로 암담하고 하여서 너나 나나 이 가랑지길에서 주저주저 아니치 못할 존재들이 아니냐.

나무가 있다.

그는 나의 오랜 이웃이오 벗이다. 그렇다고 그와 내가 성격이나 환경이나 생활이 공통한 데 있어서가 아니다. 말하자면 극단과 극단 사이에도 애정이 관통할 수 있다는 기적적인 교분交分의 표본에 지나지 못할 것이다.

나는 처음 그를 퍽 불행한 존재로 가소롭게 여겼다. 그의 앞에 설 때 슬퍼지고 측은한 마음이 앞을 가리곤 하였다. 마는 돌이켜 생각컨대 나무처럼 행복한 생물은 다시 없을 듯하다. 굳음에는 이루 비길 데 없는 바위에도 그리 탐락치는 못할망정 자양분이 있다 하거늘 어디로 간들 생生의 뿌리를 박지 못하며 어디로 간들 생활의 불평이 있을소냐, 칙칙하면 술술 솔바람이 불어오고, 심심하면 새가 와서 노래를 부르다 가고, 촐촐하면 한줄기 비가 오고, 밤이면 수많은 별

들과 오손도손 이야기할 수 있고──보다 나무는 행동의 방향이란 거치장스런 과제에 봉착하지 않고 인위적으로든 우연으로서든 탄생시켜 준 자리를 지켜 무진무궁無盡無窮한 영양소를 흡취吸取하고 영롱한 햇빛을 받아들여 손쉽게 생활을 영위하고 오로지 하늘만 바라고 뻗어질 수 있는 것이 무엇보다 행복스럽지 않으냐.

이 밤도 과제를 풀지 못하야 안타까운 나의 마음에 나무의 마음이 점점 옮아오는 듯하고, 행동할 수 있는 자랑을 자랑치 못함에 뼈저리듯 하나 나의 젊은 선배의 웅변에 왈曰 선배도 믿지 못할 것이라니 그러면 영리한 나무에게 나의 방향을 물어야 할 것인가.

어디로 가야 하느냐 동東이 어디냐 서西가 어디냐 남南이 어디냐 아차! 저 별이 번쩍 흐른다. 별똥 떨어진 데가 내가 갈 곳인가 보다. 하면 별똥아! 꼭 떨어져야 할 곳에 떨어져야 한다.

● 이 산문은 별들만 또렷또렷 빛나는 캄캄한 밤이 그 시간적 배경을 이룬다. 「달을 쏘다」에서는 밤중의 '달'이 강조된 분위기였지만, 「별똥 떨어진 데」에서는 밤의 '어둠'이 부각되는 분위기다. 오싹오싹 춥기까지 한 밤에 윤동주는 '육중한 기류 가운데 자조하는 젊은이가 있다. 그를 나라고 불러 두자'라고 하면서 자기 자신을 사색하고 성찰한다.

그러면서도 동주는 숨이 막힐 것 같은 일제 치하의 비극적 현실에도 불구하고 다른 한 쪽에서는 친일 족속과 모던 걸, 모던 보이 등이 밤의 향락에 빠져 허우적거리는 작금의 실상을 자신의 사상으로는 용납할 수 없다는 의지를 표현하고 있다. 그러므로 시대적 암흑을 상징하는 '밤'은 오로지 '나의 도전의 주된 적이면 그만'이라는 단호한 저항의 결의를 다짐한다. 그러면서도 동주는 이 산문에서 자연의 아름다운 풍경을 통해 내면의 세계를 드러내고 독자에게는 깊은 사유의 기회를 제공하기도 한다.

화원에 꽃이 핀다

개나리, 진달래, 안즌방이, 라일락, 문들레, 찔레, 복사, 들장미, 해당화, 모란, 릴리, 창포, 추립, 카네슌, 봉선화, 백일홍, 채송화, 다리아, 해바라기, 코쓰모쓰*——코쓰모쓰가 홀홀히 떨어지는 날 우주의 마지막은 아닙니다. 여기에 푸른 하늘이 높아지고 빨간 노란 단풍이 꽃에 못지않게 가지마다 물들었다가 귀또리 울음이 끊어짐과 함께 단풍의 세계가 무너지고, 그 위에 하룻밤 사이에 소복이 흰눈이 나려나려 쌓이고 화로에는 빨간 숯불이 피어오르고 많은 이야기와 많은 일이 이 화로가에서 이루어집니다.

독자 제현! 여러분은 이 글이 씌어지는 때를 독특한 계절로 집작해서는 아니됩니다. 아니, 봄, 여름, 가을, 겨울, 어느 철로나 상정하셔도 무방합니다. 사실 일 년 내내 봄일 수는 없습니다. 하나 이 화원에는 사철내 봄이 청춘들과 함께 싱싱하게 등대하여 있다고 하면 과분한 자기선전일까요. 하나의 꽃밭이 이루어지도록 손쉽게 되는 것이 아니라 고생과 노력이 있어야 하는 것입니다. 딴은 얼마의 단어를 모아 이 졸문을 지적거리는 데도 내 머리는 그렇게 명철한 것이 못됩니다. 한 해 동안을 내 두뇌로서가 아니라 몸으로서 일일이 헤아려 세포 사이마다 간직해 두어서야 몇 줄의 글이 이루어집니다. 그리하야 나에게 있어 글을 쓴다는 것이 그리 즐거운 일일 수는 없

---

* 꽃이름 중 안즌방이는 '앉은뱅이', 문들레는 '민들레', 추립은 '튤립', 카네슌은 '카네이션', 다리아는 '달리아', 코쓰모쓰는 '코스모스'이다.

습니다. 봄바람의 고민에 짜들고 녹음의 권태에 시들고, 가을 하늘 감상에 울고, 노변爐邊의 사색에 졸다가 이 몇 줄의 글과 나의 화원과 함께 나의 일 년은 이루어 집니다.

　시간을 먹는다는 (이 말의 의의와 이 말의 묘미는 칠판 앞에 서보신 분과 칠판 밑에 앉아 보신 분은 누구나 아실 것입니다) 것은 확실히 즐거운 일임이 틀림 없습니다. 하루를 휴강한다는 것보다 (하긴 슬그머니 까먹어 버리면 그만이지만) 다못 한 시간, 숙제를 못해왔다든가 따분하고 졸리고 한 때, 한 시간의 휴강은 진실로 살로 가는 것이어서, 만일 교수가 불편하여서 못 나오셨다고 하더라도 미처 우리들의 예의를 갖출 사이가 없는 것입니다. 그러나 이것을 우리들의 망발과 시간의 낭비라고 속단하셔서 아니됩니다. 여기에 화원이 있습니다. 한 포기 푸른 풀과 한 떨기의 붉은 꽃과 함께 웃음이 있습니다. 노―트장을 적시는 것보다 한우충동汗牛充棟에 묻혀 글줄과 씨름 하는 것보다 더 정확한 진리를 탐구할 수 있을런지, 보다 더 많은 지식을 획득할 수 있을런지, 보다 더 효과적인 성과가 있을지를 누가 부인하겠습니까.

　나는 이 귀한 시간을 슬그머니 동무들을 떠나서 단 혼자 화원을 거닐 수 있습니다. 단 혼자 꽃들과 풀들과 이야기할 수 있다는 것이 얼마나 다행한 일이겠습니까. 참말 나는 온정으로 이들을 대할 수 있고 그들은 나를 웃음으로 맞어 줍니다. 그 웃음을 눈물로 대한다는 것은 나의 감상일까요. 고독, 정적도 확실히 아름다운 것임에 틀림이 없으나, 여기에 또 서로 마음을 주는 동무가 있는 것도 다행한 일이 아닐 수 없습니다. 우리 화원 속에 모인 동무들 중에, 집에 학비를 청구하는 편지를 쓰는 날 저녁이면 생각하고 생각하든 끝 겨우

몇 줄 써 보낸다는 A군, 기뻐해야 할 서류(통칭 월급봉투)를 받어든 손이 떨린다는 B군, 사랑을 위하여서는 밥맛을 잃고 잠을 잊어버린 다는 C군, 사상적思想的 당착撞着에 자살을 기약한다는 D군…… 나는 이 여러 동무들의 갸륵한 심정을 내 것인 것처럼 이해할 수 있습니 다. 서로 너그러운 마음으로 대할 수 있습니다.

나는 세계관, 인생관, 이런 좀더 큰 문제보다 바람과 구름과 햇빛 과 나무와 우정, 이런 것들에 더 많이 괴로워해 왔는지도 모르겠습 니다. 단지 이 말이 나의 역설逆說이나 나 자신을 흐리우는 데 지낼 뿐일까요. 일반은 현대 학생 도덕이 부패했다고 말합니다. 스승을 섬길 줄을 모른다고들 합니다. 옳은 말씀들입니다. 부끄러울 따름입 니다. 하나 이 결함을 괴로워하는 우리들 어깨에 지워 광야로 내쫓 아 버려야 하나요, 우리들의 아픈 데를 알아주는 스승, 우리들의 생 채기를 어루만져 주는 따뜻한 세계가 있다면 박탈된 도덕일지언정 기울여 스승을 진심으로 존경하겠습니다. 온정의 거리에서 원수를 만나면 손목을 붙잡고 목놓아 울겠습니다.

세상은 해를 거듭 포성에 떠들썩하건만 극히 조용한 가운데 우리 들 동산에서 서로 융합할 수 있고 이해할 수 있고 종전從前의 X가 있 는 것은 시세時勢의 역효과일까요.

봄이 가고, 여름이 가고, 가을, 코쓰모쓰가 훌훌히 떨어지는 날 우 주의 마지막은 아닙니다. 단풍의 세계가 있고——이상이견빙지履霜而 堅氷至——서리를 밟거든 얼음이 굳어질 것을 각오하라가 아니라, 우 리는 서릿발에 끼친 낙엽을 밟으면서 멀리 봄이 올 것을 믿습니다.

노변爐邊에서 많은 일이 이뤄질 것입니다.

● 이 산문에서 동주는 '독자 제현! 여러분은 이 글이 씌어지는 때를 독특한 계절로 짐작해서는 아니 됩니다. 아니, 봄, 여름, 가을, 겨울, 어느 계절로 상정해도 된다. 사실 일 년 내내 봄일 수는 없습니다. 하나 이 화원에는 사철내 봄이 청춘들과 함께 싱싱하게 등대하여 있다고 하면 과분한 자기선전일까요. 하나의 꽃밭이 이루어지도록 손쉽게 되는 것이 아니라 고생과 노력이 있어야 하는 것입니다.'라고 썼다. 따라서 이 산문은 갖가지 꽃나무나 꽃 이름을 열거하고, 코스모스가 훌훌히 떨어지는 가을에서 귀뚜라미 소리 끊어짐과 함께 무너져 내린 낙엽 위로 흰 눈이 소복이 내려 쌓이는 겨울로의 흐름과, 빨간 숯불 피어오르는 화롯가에서 이루어지는 정담의 정경을 서술하고 있다.

이 글이 함축하고 있는 화원은 뜻 맞는 동무들과의 모임이며, 글로써 이루어지는 윤동주 자신의 내면적 상상 공간이다. 그 내면 공간의 화원은 거저 이루어지는 것이 아니라 고생과 노력을 통해 획득하지 않으면 안 된다는 것이다. 그것은 참된 친구를 사귀어 동락하거나, 한 편의 의미 있는 글을 쓸 때에도 똑같이 적용되는 삶의 이치다.

종시

종점終点이 시점始点이 된다. 다시 시점이 종점이 된다.

아침 저녁으로 이 자국을 밟게 되는데 이 자국을 밟게 된 연유가 있다. 일찍이 서산대사가 살았을 듯한 우거진 송림 속, 게다가 덩그러시 살림집은 외따로 한 채뿐이었으나 식구로는 굉장한 것이어서 한 지붕 밑에서 팔도 사투리를 죄다 들을 만큼 모아놓은 미끈한 장정들만이 욱실욱실하였다. 이곳에 법령은 없었으나 여인금납구女人禁納區였다. 만일 강심장의 여인이 있어 불의의 침입이 있다면 우리들의 호기심을 저윽히 자아내었고, 방마다 새로운 화제가 생기곤 하였다. 이렇듯 수도修道생활에 나는 소라 속처럼 안도하였든 것이다.

사건이란 언제나 큰 데서 동기가 되는 것보다 오히려 적은 데서 더 많이 발작하는 것이다.

눈 온 날이었다. 동숙하는 친구의 친구가 한 시간 남짓한 문門안 들어가는 차 시간까지를 낭비하기 위하야 나의 친구를 찾어 들어와서 하는 대화였다.

「자네 여보게 이 집 귀신이 되려나?」

「조용한 게 공부하기 작히나 좋잖은가」

「그래 책장이나 뒤적뒤적하면 공분줄 아나. 전차간에서 내다 볼 수 있는 광경, 정거장에서 맛볼 수 있는 광경, 다시 기차 속에서 대할 수 있는 모든 일들이 생활 아닌 것이 없거든. 생활 때문에 싸우는 이 분위기에 잠겨서, 보고, 생각하고, 분석하고, 이거야말로 진정한

의미의 교육이 아니겠는가. 여보게! 자네 책장만 뒤지고 인생이 어드렇니 사회가 어드렇니 하는 것은 16세기에서나 찾아볼 일일세. 단연 문門안으로 나오도록 마음을 돌리게」

나 한테 하는 권고는 아니었으나 이 말에 귀틈이 뚫려 상푸둥 그러리라고 생각하였다. 비단 여기만이 아니라 인간을 떠나서 도를 닦는다는 것이 한낱 오락이요, 오락이매 생활이 될 수 없고, 생활이 없으매 이 또한 죽은 공부가 아니랴. 하야 공부도 생활화하여야 되리라 생각하고 불일내에 문안으로 들어가기를 내심으로 단정해 버렸다. 그 뒤 매일같이 이 자국을 밟게 된 것이다.

나만 일찍이 아침 거리의 새로운 감촉을 맛볼 줄만 알았더니 벌써 많은 사람들의 발자욱에 포도鋪道는 어수선할 대로 어수선했고, 정류장에 머물 때마다 이 많은 무리를 죄다 꾸역꾸역 자꾸 박아 싣는데 늙은이 젊은이 아이 할 것 없이 손에 꾸러미를 안 든 사람은 없다. 이것이 그들 생활의 꾸러미요, 동시에 권태의 꾸러민지도 모르겠다.

이 꾸러미를 든 사람들의 얼굴을 하나하나씩 뜯어보기로 한다. 늙은이 얼굴이란 너무 오래 세파에 짜들어서 문제도 안 되겠거니와 그 젊은이들 낯짝이란 도무지 말씀이 아니다. 열이면 열이 다 우수憂愁 그것이요, 백이면 백이 다 비참 그것이다. 이들에게 웃음이란 가물에 콩싹이다. 필경 귀여우리라는 아이들의 얼굴을 보는 수밖에 없는데 아이들의 얼굴이란 너무나 창백하다. 혹시 숙제를 못해서 선생한테 꾸지람 들을 것이 걱정인지 풀이 죽어 쭈그러뜨린 것이 활기란 도무지 찾아볼 수 없다. 내 상도 필연코 그 꼴일 텐데 내 눈으로 그 꼴을 보지 못하는 것이 다행이다. 만일 다른 사람의 얼굴을 보듯 그

렇게 자주 내 얼굴을 대한다고 할 것 같으면 벌써 요사하였을런지도 모른다.

　나는 내 눈을 의심하기로 하고 단념하자!

　차라리 성벽 위에 펼친 하늘을 쳐다보는 편이 더 통쾌하다. 눈은 하늘과 성벽 경계선을 따라 자꾸 달리는 것인데 이 성벽이란 현대現代로서 캄푸라지*한 옛 금성禁城이다. 이 안에서 어떤 일이 이루어졌으며 어떤 일이 행하여지고 있는지 성城밖에서 살아왔고 살고 있는 우리들에게는 알 바가 없다. 이제 다만 한 가닥 희망은 이 성벽이 끊어지는 곳이다.

　기대는 언제나 크게 가질 것이 못되어서 성벽이 끊어지는 곳에 총독부, 도청, 무슨 참고관, 체신국, 신문사, 소방조, 무슨 주식회사, 부청府廳, 양복점, 고물상 등 나란히 하고 연달아 오다가 아이스케이크 간판에 눈이 잠깐 머무는데 이놈을 눈 나린 겨울에 빈 집을 지키는 꼴이라든가, 제 신분에 맞지 않는 가게를 지키는 꼴을 살짝 필름에 올리어 본달 것 같으면 한 폭의 고등 풍자만화가 될 터인데 하고 나는 눈을 감고 생각하기로 한다. 사실 요즈음 아이스케이크 간판 신세를 면치 아니치 못할 자 얼마나 되랴. 아이스케이크 간판은 정열에 불타는 염서炎暑가 진정코 아수롭다.

　눈을 감고 한참 생각하느라면 한 가지 꺼리끼는 것이 있는데 이것은 도덕률이란 거추장스러운 의무감이다. 젊은 녀석이 눈을 딱 감고 버리고 앉아 있다고 손가락질하는 것 같아야 번쩍 눈을 떠본다. 하나 가차이 자선할 대상이 없음에 자리를 잃지 않겠다는 심정보다 오

---

　*　카무플라주Camouflage : 불리하거나 부끄러운 것이 드러나지 않도록 의도적으로 꾸미는 일. '위장'.

히려 아니꼽게 본 사람이 없었으리란 데 안심이 된다.

이것은 과단성 있는 동무의 주장이지만 전차에서 만난 사람은 원수요, 기차에서 만난 사람은 지기라는 것이다. 딴은 그러리라고 얼마큼 수긍하였었다. 한자리에서 몸을 비비적거리면서도 「오늘은 좋은 날씨올시다.」 「어디서 내리시나요」쯤의 인사는 주고 받을 법한데, 일언반구 없이 뚱―한 꼴들이 작히나 큰 원수를 맺고 지내는 사이들 같다. 만일 상냥한 사람이 있어 요만쯤의 예의를 밟는다고 할 것 같으면, 전차 속의 사람들은 이를 정신이상자로 대접할 게다. 그러나 기차에서는 그렇지 않다. 명함을 서로 바꾸고 고향 이야기, 행방 이야기를 거리낌 없이 주고 받고 심지어 남의 여로를 자기의 여로인 것처럼 걱정하고, 이 얼마나 다정한 인생행로냐.

이러는 사이에 남대문을 지나쳤다. 누가 있어 「자네 매일같이 남대문을 두 번씩 지날 터인데 그래 늘 보곤 하는가」라는 어리석은 듯한 멘탈 테스트를 낸다면 나는 아연해지지 않을 수 없다. 가만히 기억을 더듬어 본달 것 같으면 늘이 아니라 이 자국을 밟은 이래 그 모습을 한번이라도 쳐다본 적이 있었든 것 같지 않다. 하기는 나의 생활에 긴한 일이 아니매 당연한 일일 게다. 하나 여기에 하나의 교훈이 있다. 횟수가 너무 잦으면 모든 것이 피상적이 되어 버리나니라.

이것과는 관련이 먼 이야기 같으나 무료한 시간을 까기 위하여 한마디 하면서 지나가자.

시골서는 내로라고 하는 양반이었든 모양인데 처음 서울 구경을 하고 돌아가서 며칠 동안 배운 서울 말씨를 섣불리 써가며 서울 거리를 손으로 형용하고 말로써 떠벌여 옮겨 놓드란데, 정거장에 턱 내리니 앞에 고색이 창연한 남대문이 반기는 듯 가로 막혀 있고, 총

독부집이 크고, 창경원에 백 가지 금수가 봄즉했고, 덕수궁의 옛 궁전이 회포를 자아냈고, 화신和信 승강기는 머리가 힝— 했고, 본정本町엔 전등이 낮처럼 밝은데 사람이 물 밀리듯 밀리고 전차란 놈이 윙윙 소리를 지르며 지르며 연달아 달리고— 서울이 자기 하나를 위하야 이루어진 것처럼 우쭐 했는데 이것쯤은 있을 듯한 일이다. 한데게도 방정꾸러기가 있어

「남대문이란 현판이 참 명필이지요.」

하고 물으니 대답이 걸작이다.

「암 명필이구 말구. 남南자 대大자 문門자 하나하나 살어서 막 꿈틀거리는 것 같데.」

어느 모로나 서울 자랑하려는 이 양반으로서는 가당한 대답일 게다. 이분에게 아현동 고개 막바지에, —아니 치벽한 데 말고, —가차이 종로 뒷골목에 무엇이 있든가를 물었드면 얼마나 당황해 했으랴.

나는 종점을 시점으로 바꾼다.

내가 내린 곳이 나의 종점이오. 내가 타는 곳이 나의 시점이 되는 까닭이다. 이 짧은 순간 많은 사람들 속에 나를 묻는 것인데 나는 이네들에게 너무나 피상적이 된다. 나의 휴머니티를 이네들에게 발휘해낸다는 재주가 없다. 이네들의 기쁨과 슬픔과 아픈 데를 나로서는 측량한다는 수가 없는 까닭이다. 너무 막연하다. 사람이란 횟수가 잦은 데와 양이 많은 데는 너무나 쉽게 피상적이 되나보다. 그럴수록 자기 하나 간수하기에 분망하나보다.

씨그낼을 밟고 기차는 왱— 떠난다. 고향으로 향한 차도 아니건만 공연히 가슴은 설렌다. 우리 기차는 느릿느릿 가다 숨차면 가假정거장에서도 선다. 매일같이 웬 여자들인지 주룽주룽 서 있다. 제마다

꾸러미를 안었는데 예의 그 꾸러민듯 싶다. 다들 방년된 아가씨들인데 몸매로 보아 하니 공장으로 가는 직공들은 아닌 모양이다. 얌전히들 서서 기차를 기다리는 모양이다. 판단을 기다리는 모양이다. 하나 경망스럽게 유리창을 통하여 미인판단을 내려서는 안 된다. 피상적 법칙이 여기에도 적용될지 모른다. 투명한 듯하나 믿지 못할 것이 유리다. 얼굴을 찌깨논 듯이 한다든가 이마를 좁다랗게 한다든가 코를 말코로 만든다든가 턱을 조개턱으로 만든다든가 하는 악희惡戱를 유리창이 때때로 감행하는 까닭이다. 판단을 내리는 자에게는 별반 이해관계가 없다손 치더라도 판단을 받는 당자當者에게 오려든 행운이 도망갈런지를 누가 보장할소냐. 여하간 아무리 투명한 꺼풀일지라도 깨끗이 벗겨버리는 것이 마땅할 것이다.

이윽고 터널이 입을 벌리고 기다리는데 거리 한가운데 지하철도 아닌 터널이 있다는 것이 얼마나 슬픈 일이냐. 이 터널이란 인류 역사의 암흑시대요, 인생행로의 고민상이다. 공연히 바퀴소리만 요란하다. 구역날 악질의 연기가 스며든다. 하나 미구에 우리에게 광명의 천지가 있다.

터널을 벗어났을 때 요즈음 복선複線공사에 분주한 노동자들을 볼 수 있다. 아침 첫차에 나갔을 때에도 일하고 저녁 늦차에 들어올 때에도 그네들은 그대로 일하는데 언제 시작하야 언제 그치는지 나로서는 헤아릴 수 없다. 이네들이야말로 건설의 사도들이다. 땀과 피를 아끼지 않는다.

그 육중한 도락구*를 밀면서도 마음만은 오원한 데 있어 도락구

* 도락구 : 일본어로 '트럭'을 일컫는 말.

판장에다 서투른 글씨로 신경행이니 북경행이니 남경행이니 라고 써서 타고 다니는 것이 아니라 밀고 다닌다. 그네들의 마음을 엿볼 수 있다. 그것이 고력苦力에 위안이 안 된다고 누가 주장하랴.

이제 나는 곧 종시를 바꿔야 한다. 하나 내 차에도 신경행, 북경행, 남경행을 달고 싶다. 세계일주행이라고 달고 싶다. 아니 그보다도 진정한 내 고향이 있다면 고향행을 달겠다. 도착하여야 할 시대의 정거장이 있다면 더 좋다.

● 이 산문 「종시」는 "종점이 시점이 된다. 다시 시점이 종점이 된다"로 시작되는 윤동주의 산문으로 그의 작품 중에서 가장 긴 글이다.

윤동주는 전차를 타고 서울역에서 신촌으로 가는 기차로 갈아타는 통학 노선에서 거리의 풍경, 우수의 그늘로 표정 잃은 백성들, 성벽과 관공서와 상점 등 각종 건물들과, 눈 내리는 겨울에 빈 집을 지키는 아이스케이크 집의 간판을 본다. 전차와 기차를 탄 사람들의 표정과 분위기가 극히 다른 풍속과, 시골 양반 서울 나들이의 우스개 일화도 풀어 놓는다. 그리고 어느 지점에서 "나는 종점을 시점으로 바꾼다."는 의미심장한 진술을 한다. 그런가 하면 동주는 기차 차창 밖으로 내다보이는 아가씨들을 보고, 투명해 보이지만 믿지 못할 것이 유리라면서 유리창을 통해 미인의 판단을 내리면 안 된다고 하면서 아무리 투명한 것일지라도 깨끗이 벗기고 얼굴을 보아야 마땅하다고도 했다.

그러나 우리가 주목해야 할 대목은 뒷부분에 있다. '이윽고 터널이 입을 벌리고 기다리는데 거리 한가운데 지하철도도 아닌 터널이 있다는 것이 얼마나 슬픈 일이냐. 이 터널이란 인류 역사의 암흑시대요, 인생 행로의 고민상이다. 공연히 바퀴 소리만 요란하다. 구역날 악질의 연기가 스며든다. 하나 미구에 우리에게 광명의 천지가 있다.'

윤동주는 외유내강의 내성적 성격의 시인으로 알려져 있다. 그는 터널이 상징하는 일제 강점하의 막막한 암흑시대에 수많은 번민과 좌절을 겪으면서도 민족의 미래와 광복의 신념을 놓친 적이 없었다. 일제 군국주의의 잔혹한 억압 아래 짧은 삶을 살면서도 도덕적 양심과 자학적 가책으로 일관하며 시와 정의와 민족의 독립에 투신한 시인이었다.

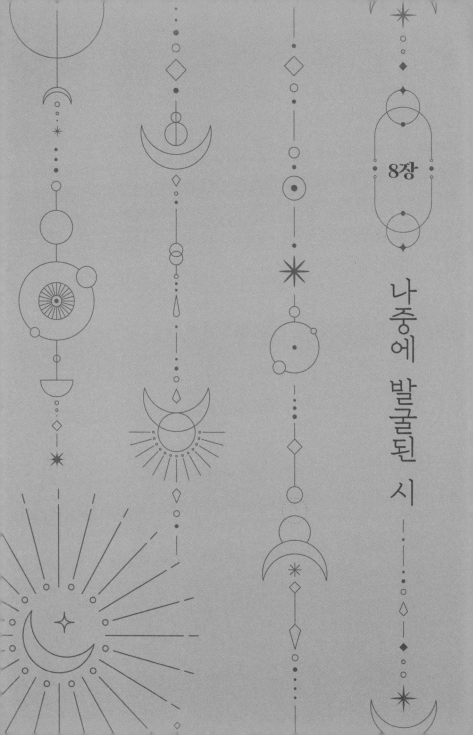

8장

나중에 발굴된 시

가슴 2

늦은 가을 쓰르라미
숲에 세워 공포에 떨고
웃음 머금은 달 생각이
도망가오.

(1935)

창구멍

바람 부는 새벽에 장터 가시는
우리 아빠 뒷자취 보고 싶어서
춤을 발려 뚫어논 작은 창구멍
아롱 아롱 아침해 비치웁니다.

×

눈 나리는 저녁에 나무 팔러간
우리 아빠 오시나 기다리다가
혀끝으로 뚫어논 작은 창구멍
살랑 살랑 찬바람 날아듭니다.

(1936. 추정)

● 이 시는 새벽 장터에 나가시는 아버지의 뒷모습이 보고 싶어 창문에
작은 창구멍을 뚫어 놓고 들여다 본다. 창구멍을 통해 비치는 햇살과
풍경을 보기도 하고 아버지가 돌아오시는 모습도 본다는 따뜻하고 애
틋한 가족애가 돋보이는 시라고 할 수 있다.

개 2

「이 개 더럽잖니」
아—니 이웃집 덜렁 수캐가
오늘 어슬렁어슬렁 우리 집으로 오더니
우리 집 바둑이의 밑구멍에다 코를 대고
씩씩 내를 맡겠지 더러운 줄도 모르고,
보기 흉해서 막 차며 욕해 쫓았더니
꼬리를 휘휘 저으며
너희들보다 어떻겠냐 하는 상으로
뛰어 가겠지요. 나—참.

(1937.추정)

울적

처음 피워본 담배 맛은
아침까지 목 안에서 간질간질 타.

어젯밤에 하도 울적하기에
가만히 한 대 피워 보았더니.

(1937)

야행

정각! 마음에 아픈 데 있어 고약을 붙이고
시들은 다리를 끄을고 떠나는 행장.
—기적이 들리잖게 운다.
사랑스런 여인이 타박타박 땅을 굴려 쫓기에
하도 무서워 상가교를 기어 넘다.
—이제로부터 등산철도
이윽고 사색의 포플러 터널로 들어간다.
시라는 것을 반추하다. 마땅히 반추하여야 한다.
—저녁 연기가 노을로 된 이후
휘파람 부는 햇귀뚜라미의
노래는 마디마디 끊어져
그믐달처럼 호젓하게 슬프다.
늬는 노래 배울 어머니도 아버지도 없나보다.
—늬는 다리 가는 쬐그만 보헤미안,
내사 보리밭 동리에 어머니도
누나도 있다.
그네는 노래 부를 줄 몰라

오늘밤도 그윽한 한숨으로 보내려니—

(1937)

비 ㅅ뒤

「어— 얼마나 반가운 비냐」
할아버지의 즐거움.

가물 들었던 곡식 자라는 소리
할아버지 담배 빠는 소리와 같다.

비 ㅅ뒤의 해 ㅅ살은
풀잎에 아름답기도 하다.

(1937)

어머니

어머니!
젖을 빨려 이 마음을 달래여주시오.
이 밤이 자꾸 서러워지나이다.

이 아이는 턱에 수염자리 잡히도록
무엇을 먹고 자랐나이까?
오늘도 흰 주먹이
입에 그대로 물려있나이다.

어머니
부서진 납인형도 쓰러진지
벌써 오랩니다.

철비가 후누주군이 나리는 이 밤을
주먹이나 빨면서 새우리까?
어머니! 그 어진 손으로
이 울음을 달래여주시오.

(1938)

가로수

가로수, 단촐한 그늘 밑에
구두술 같은 혓바닥으로
무심히 구두술을 핥는 시름.

때는 오정. 사이렌,
어디로 갈 것이냐?

□시 그늘은 맴돌고.
따라 사나이도 맴돌고.

● 이 시의 여섯째 줄 □은 무슨 글인지 아직 밝혀지지 않아 알아볼 수 없
는 글자다. '구두술'은 구두 신을 때의 구두주걱 또는 구두헤라를 말한
다.

문해력을 위한

윤동주
전 시집
필사북

초판 인쇄   2025년 1월 11일
초판 발행   2025년 1월 21일

지은이   윤동주
해설   민윤기
펴낸이   김상철
발행처   스타북스
등록번호   제300-2006-00104호
주소   서울시 종로구 종로 19 르메이에르종로타운 A동 907호
전화   02) 735-1312
팩스   02) 735-5501
이메일   starbooks22@naver.com

ISBN   979-11-5795-755-2 03810

ⓒ 2025 Starbooks Inc.
Printed in Seoul, Korea

이 책은 저작권법에 의해 보호를 받는 저작물이므로 무단전재와 무단복제를 금합니다.
잘못 만들어진 책은 구입하신 서점에서 교환하여 드립니다.

해설 **민윤기**

시인, 문화비평가, 저널리스트. 현재는 시문학잡지 '월간시인' 발행인이다.

1966년 중앙대 국문학과 재학생 때 월간 '시문학'으로 등단하여 '창작과비평' '심상' '상황' 등을 통해 시를 발표하다가, 1974년에, 베트남 전쟁 종군 연작시 「내가 가담하지 않은 전쟁」이 포함된 첫 시집 『유민』을 냈다. 1975년대 이후 문학의 저항적 작품 발표 등 통제가 심해지자 모든 시작 활동을 중단한 채 절필 상태로, 방송스크립터·출판·잡지·신문 기자·편집자로 생업에 몰두하였다. 2011년 오세훈 서울 시장 재임 시절 서울시 문화관광디자인부 위촉으로 수도권 지하철 스크린도어 관리 용역을 맡은 것을 계기로 다시 시를 쓰기 시작하였고, 지하철 시 연간 앤솔로지 『지하철시집 2014』 『지하철시집2015』 출판하면서 '알기 쉬운 시'를 통한 '시의 대중화운동'을 지향하는 시인 시민단체 서울시인협회 창립에 참여하였다.

시집에 『시는 시다』 『삶에서 꿈으로』 『서서, 울고 싶은 날이 많다』 『홍콩』 『무궁화꽃이 피었습니까』 『사랑하자』 등을 냈고, 청춘소설 『사랑먼저 할래요』, 문화비평서 『일본이 앞에서 뛰고 있다』 『그래도 20세기는 좋았다』 『일본에는 여자가 없다』가 있으며, 평전 『어린이 운동가 소파 방정환』, 산문집 『산애미친』 『빗자루를 든 사장님』 『가족이 희망이다』가 있다. 또한 『노천명 전집 종결판』 『박인환 전시집』 『못다 핀 청년시인 이상 윤동주 박인환』 등을 엮었고, 윤동주 시인 관련 국내외 발굴 자료집 『윤동주 살아 있다』가 있다.(본명은 민윤식)